图书在版编目（CIP）数据

玻璃栈道 / 陈彤著；苏晴绘. -- 桂林：漓江出版社，2018.10（2022.6重印）
（旅伴文库：散文精品城际阅读）
ISBN 978-7-5407-8488-1

Ⅰ.①玻… Ⅱ.①陈… ②苏… Ⅲ.①散文集－中国－当代 Ⅳ.①I267

中国版本图书馆 CIP 数据核字（2018）第 170871 号

BOLI ZHANDAO
玻璃栈道
陈彤 著
苏晴 绘

责任编辑：张谦
助理编辑：黄彦
书籍设计：石绍康
责任印制：张璐

出版人：刘迪才
漓江出版社有限公司出版发行
广西桂林市南环路 22 号 邮政编码：541002
网址：http://www.lijiangbooks.com
销售热线：0773-2583322 010－65699511
印刷：河北浩润印刷有限公司
[河北省沧州市肃宁县河北乡韩村东洼开发区188号 邮政编码：062350]
开本：880mm×1230mm 1/32
印张：5.75 字数：64 千字
2018 年 10 月第 1 版 2022 年 6 月第 2 次印刷
定价：48.00 元

目 录

Contents

001 / 总序 / 聂震宁

谈情说爱

003 / 玻璃栈道
011 / 人生的意义
015 / 开放式婚姻
019 / 婚约和契约
024 / 钓鱼爱好者爱的是鱼吗？
031 / 缺德失忆症
039 / 你有没有在心里默默拉黑谁？
045 / 我的高考
050 / 我那忧伤而又文艺的高中时代

答疑解惑

059 / 假如灰姑娘没有嫁入豪门

066 / 如果你嫁了一个持白岩松式幸福观的男人
077 / 我的闺蜜是贱人
083 / 我很爱他，可我有一个让我难以启齿的家庭
091 / 我该追求女强人吗？
096 / 当“白骨精姐姐”嫁给“没工作弟弟”……
103 / 她很爱我，她不漂亮，但我只喜欢美女怎么办？
113 / 我怎样才能摆脱“剩女”的命运？
118 / 如果你想要的是婚姻，就不要和那些声称不想结婚的人浪费时间
127 / 为什么这个世界上有梦想的人很多，但实现梦想的人很少？
133 / 女生，别一听男人说要养你就觉得是真爱
141 / 我是继续漂在北京还是回老家结婚生娃？
151 / 请问怎样做才能在最短的时间内过上想要的生活？
157 / 也许你能给她的最好礼物是自由
160 / 男人为什么都理所当然地认为我应该倒贴？

171 / 后记 / 王剑冰

总 序

聂震宁

《旅伴文库》乃应时而生的出版项目。当今之世，既是提倡全民阅读之时，又是高铁出行渐成趋势之际，正应了古人“读万卷书，行万里路”的人生信条。究其实，现代交通工具大大方便了百姓的出行，旅行几乎成了普通民众的一种生活常态，令“千里江陵一日还”有了现代意味。而全民阅读则还在国家、社会的提倡中，有识之士一直在呼吁让阅读成为一种生活方式，可是，要达到这一点要求，似乎还比较难；唯其难，故而需要多方设法推动，长期用心提倡。漓江出版社策划设计这一文库，既顺应了现代人出行的方便，更是推崇全民阅读，颇具趁旅行热潮助推全民阅读，借全民阅读提升旅行质量的匠心。

相比较已经形成热潮的出行，全民阅读还不够热。尽管国家为促进全民阅读立法，各级政府为全民阅读提供支持，每年“世界读书日”各地开展活动有声有色，“书香中国”活动在全国范围风生水起，家庭阅读、校园阅读、社区阅读、机关阅读渐次开展，然而，平心而论，这些大都还是在外力推动下的阅读，距离“让阅读成为一种生活方式”的目标还有长路要走。那么，如何才有望接近于这一目标呢？我们以为，让阅读与日常生活相伴或许是努力的基本方向。当民众出行热潮形成，包括旅游在内的旅行已经成为普通百姓的一种生活方式，提倡在旅途中阅读乃是顺理成章的事情。国际上曾有过“中国人不爱读书”的负面评价，评价者举证的，正是旅行途中许多欧美人在读书，而许多中国人并不读书的现象。那么，要改变这一国际负面印象，最直接的办法就是让更多的中国人在旅行途中读起书来。当然，在旅行途中读书并非为了做样子给国际人士观赏，而是全民阅读之树必然开出的日常生活阅读之花。《旅伴文库》正是为了催生这美丽的花朵而做出的努力。所谓“人生漫旅，好书伴你”，是该文库在广义层面的取意。

事实上，开展在旅行途中的阅读生活，对于提高我国旅游事业的质量也是大有裨益的。对于国人的旅行生活，一直都有某些负面的评价，认为盲目、简单、粗糙，缺少文化内涵和审美情趣，其中有一个我们前面已经提及的负面评价：中国人在旅行途中几乎都不读书。这些负面评价已经成为国民文化素质不高的重要证据。知书达理或知书达礼，不爱读书的民族谈何文化内涵和审美情趣！于是，近些年来，就有许多关于改善旅行生活，提高旅行质量的意见提出，其中有一条意见颇具感染力，那就是“带一本书去旅行”。

“带一本书去旅行”，其直接的用意是让人们在旅行途中闲暇时刻不至于无所事事。人在百无聊赖时，“第一等好事还是读书”，让休闲的状态也有优雅的生活方式，而阅读正是一个人最优雅的生活状态。旅行是一个发现美、欣赏美的历程，“带一本书去旅行”，读书可以明理，可以直接帮助我们丰富旅行知识，探寻美的存在，增加旅行的深度和厚度。旅行即意味着暂时摆脱日常世俗生活的纷扰，暂时忘却生活中某些庸俗无聊的烦恼，所谓“偷得浮生半日闲”，让身心得到休养；“带一本书去旅行”，可以让一本好书帮助我们超凡脱俗，让一本好书优雅的精神气质在旅途上陪伴我们的灵魂，让一次次旅行成为与一本本好书相伴随的精神之旅。

应时而生的《旅伴文库》其主旨便是倡导“带一本书在路上”，让精品图书成为旅行者的精神伴侣，在旅行热潮扑面而来的同时，也要让全民阅读热潮相伴而去，让“读万卷书，行万里路”成为现实。

为了旅途上阅读而设计的《旅伴文库》，自然要更多顾及旅行阅读的特点。旅行阅读当然是各有所好，可专门为旅行者编撰的图书，则要更多体现旅行者阅读的便捷、休闲、审美、精粹等需求特点。《旅伴文库》的三个子系列设计得很具匠心。其中，“散文精品城际阅读——中国当代散文精品七人展”系列，一年只选七位散文家，颇有“七剑下天山”的气概；每人每本不过5万字，极大突出了精选的精神，再配上贴切而有意趣的插图，有的就是作家本人所绘。“漓江的书，买了再说”，是20多年前本人在漓江出版社社长任上为该社拟定的广告语，如此的自信自诩，竟然在这个系列的设计中重新得以体会到。其他系列目前还在筹备阶段，基于出版社选题信息的保护，这里暂不细说，预期当能吸引眼球而令人想要一睹为快。

《旅伴文库》各个子系列的设计，显然走的是精品精读的路线。这是出版社此项目主持者的原则，也是编选工作的实际状况。“散文精品城际阅读”（2018）系列所编选的七人七种散文集即如此。在邀约散文名家加盟过程中，编选者主张作品优先，内容为王，名人也须出力作，否则宁可给新人新作以展示的机会。著名军旅作家朱秀海曾以其编剧的电视剧《乔家大院》《天地民心》

等闻名于世，也曾以散文集《山在山的深处》享誉散文界，这次以名篇散文《一个人的车站》为书名新编新集，值得一读。致力于散文写作和研究的王剑冰，曾以《绝版的周庄》享誉海内外，为此旅游名胜江南古镇周庄几与王剑冰结成不解之缘，此番他又以《水墨周庄》为题加盟，旅途上的读者怎能放过不读？徐则臣，这位“70后”的作家曾凭借《如果大雪封门》获得第六届鲁迅文学奖短篇小说奖，其作品被誉为“标示出了一个人在青年时代可能达到的灵魂眼界”，此次精选了他写作近 20 年来的散文作品，相信能让读者感受到他的写作脉络。至于刘亮程，我不能不多说几句。2016 年 7 月本人参加全国政协民族文化考察组去往新疆，在当地政协的安排下到了博格达山脉北麓的木垒哈萨克自治县英格堡乡菜籽沟村，造访了刘亮程的“一个人的村庄”——菜籽沟村，那是这位极具理想主义和人文情怀的散文家以一己之力挽救重建的“菜籽沟艺术家村落”，当时已初具规模，吸引了各类艺术家入驻。我们到村落里刘亮程的木垒书院参观，那天书院主人不在，是他的助手开门揖客。听了一些简要介绍，参加考察的政协委员无不感叹这位著名散文作家的文化情怀。本次他携新编散文集《半路上的库车》加盟，并且在书中插入他自己的画作，那画作既有西北少数民族的风情，又有作家与生俱来的文人画作韵味，可以让读者更为走近这位散文名家。

上述四位入选作家自然是读者相当熟悉的名人，他们的加盟可以体现《旅伴文库》的感召力和他们的合作诚意。可我们还要为几位散文界的新人入选而欣喜。陈彤虽然是多部电视剧如《新结婚时代》(合作)、《马文的战争》的著名编剧，可是在散文界仍是清新面孔，这次应邀以散文集《玻璃栈道》加盟，其人其文其气质的清新将是旅行者的最佳伴侣。董谦先生自称除22年新闻从业经验外，别无所长，一米九几的大高个，在深圳做了几年报社的副总，却因乡心难却，返身回到湖南汨罗乡下，亲自种稻，一心要种出无农药无化肥无转基因的生态大米，这次他给我们带来的《种稻记》，个中情趣自不待言。最后，我们还要加倍地关注阿德，他是散文写作界真正的新人，作为香港青年，漂内地十年，寻找家国认同感，这样的散文注定会让内地读者既觉得亲切又需要仔细咀嚼。

作为《旅伴文库》最先面世的第一个系列，“散文精品城际阅读”（2018）系列的七人七书可以称得上是精选精编而成，给我们浑然一体的感觉。对此，出版社是信心满满，相信读者也能兴趣满满。而对于整套文库后续的编选出版工作，则应当说是有了一个好的开头。管中可以窥豹，开局能见气象，相信《旅伴文库》是能够成为众多旅行者满意的伴侣的。

2017 年 9 月于贵州、广西、北京旅次中

聂震宁，全国政协委员，中国出版协会副理事长，中国韬奋基金会理事长，中国作协全国委员会名誉委员，《旅伴文库》总主编。

谈情说爱 〉〉〉〉〉

玻璃栈道

“后来，我们什么都有了，但是没有了我们。”很多人觉得这句话特别伤感，但仔细想想，假如换作另一种后来——“后来，我们终于喜结良缘，但我们什么都没有了。”哪一个更好？

很小的时候，读《渔夫和金鱼》的故事。渔夫打鱼，打到一条有魔力的金鱼。金鱼对渔夫说：如果你放了我，我就可以满足你的一个愿望。

渔夫于是说了一个小愿望，类似现在的有车有房。金鱼说你回去吧，你的愿望已经实现了。

渔夫回到家，果然如是。渔夫跟老婆说了自己的海边奇遇。老婆骂渔夫，大概是说应该跟金鱼要游艇豪宅。渔夫只好回去找金鱼，金鱼二话没说当即答应了。

但没多久，老婆又抱怨：光有游艇豪宅有什么意思啊，人之为人，除了物质享受，还得追求自我实现，精神享受。

渔夫又去找金鱼，很快渔夫和老婆上了福布斯排行榜，谈笑有明星，往来无白丁。

后来的故事大家都知道了，他们有了很多很多房子，但是没有家；他们有了很多很多钱，但是没有话；他们什么都有了，但是没有了我们……

最后，他们失去了一切，回到当初什么都没有的破屋子，相依为命。

这是一个“后来我们什么都没有了，但我们始终在一起”的故事。这个故事告诉了我们什么道理呢？

语文老师说：《渔夫和金鱼》的故事，告诉我们人不可贪得无厌。

什么都要有，什么都不想失去，是叫贪得无厌呢，还是心有多大舞台就有多大？

一个女孩儿，和恋爱多年的男朋友分手了。两个人也没有大矛盾，就是都积极上进，拼命工作，加班加点，聚少离多。一直到分开的那一天，他们才想起来，他们一直相约要一起去玻璃栈道，但起初没有钱，攒够了钱，两人又都没有时间。终于又有钱又有时间了，但物是人非。

男孩儿说不然我们一起去一次吧。

女孩儿说以后吧。

多年以后，女孩儿什么都有了，但依然孑然一身。

她一直都没有去玻璃栈道。她一直在等一个能和她一起去玻璃栈道的人。直到有一天，她在朋友圈看到了前男友一家三口在玻璃栈道上的视频。

然后，她一个人，开车，长途奔袭，到了京郊的玻璃栈道。

四周群山环绕，脚下万丈深渊。很多情侣，战战兢兢，如履薄冰，相互偎依，牵着手，尖叫。只有她是一个人。

胜似闲庭信步。

在她的青葱岁月，她也曾经想要一个男人牵着她的手，陪她走过悬浮在半空中的玻璃栈道。

她后悔吗？如果回到从前，她愿意选择另外一条道路吗？不那么拼，知足常乐，即使赚得少，即使没有房子，即使每天挤公交车，但和自己心爱的人一起，寒窑虽破但不妨碍生儿育女，即使儿女上不了好学校，学不了琴棋书画，但一家人永远守在一起。这是她想要的生活吗？

如果，两个选项。

选项 A，什么都有，但不在一起；

选项 B，一直在一起，但什么都没有；

你会怎么选？

也许你会说，为什么不能有选项 C，既在一起，还什么都有呢？

是啊，为什么不能有选项 C 呢？既在一起，还什么都有？

你上辈子拯救了银河系吧？你运气太好了吧？来来来，重温《渔夫和金鱼》的故事，人不可太贪心。

想想当初为什么分手？因为聚少离多。为什么聚少离多？因为忙于工作。为什么宁肯忙于工作也不愿意挤出时间给恋人呢？因为工作需要全力以赴，再没有多余的时间和精力了。

与其这样辛苦地绕来绕去，还不如就坦坦荡荡地承认，你认为在这个世界上，有比两个人白头到老更重要的事，所以你宁愿牺牲掉在一起的时间。

不忘初心，求仁得仁。终于什么都有了，又何必感慨没有了我们呢？

当初他要陪你一起走玻璃栈道，你说以后。既然如此，那现在就拿出勇气打起精神，一个人走过玻璃栈道，宠辱不惊，看天上云卷云舒。

人生的意义

我的朋友在 MSN 上问我：人生的意义是什么？

我知道她遇到了情感挫折，赶紧顾左右而言他。我说：人生的意义，呵呵，不同的人不一样啊。爱因斯坦的人生意义是那个著名的 $E=mc^2$，成吉思汗的大概是有陆地的地方全搭上帐篷放上牛羊吧？

她说我不是问他们的，我是问你的。

我想了半天，心里面想出一句话，但我没有在键盘上敲出来。那句话是：人生本来是没有意义的，人生的意义需要我们去赋予。我们只有把我们对生命的热爱以及激情以及等等，注入我们的人生中，我们的人生才会显出意义。

她见我不回答，给我打来电话，说：我觉得人生对于普通人来说，一点意义都没有。咱们既不是爱因斯坦，也不是成吉思汗，世界根本不可能因为我们而有任何改变，我们为什么要活着呢？

我只好说：你只是婚姻失败，等你再找到一个男人，再找到一份爱情，你就又会觉得人生有意义了。

她说：上哪里找呢？

我安慰她：人生的意义就像新大陆，你得跟哥伦布似的，不扬帆起航，不经历雨打风吹，怎么找得到呢？你得赶紧备好船只，竖起风帆。

她说假如我要做哥伦布，我为什么不在年轻的时候做呢？我不就是不想扬帆起航吗？如果我想，我当初就像你们似的，一头扎进工作，然后学外语上研究生，再咬咬牙混到国外弄一个文凭什么的。我放弃了那一切，不就是因为那个时候，我认为人生的意义全在于爱情在于家庭，在于找到一个人陪着我慢慢变老。

她不是一个心比天高的女子，她不过就是想过一份寻常的日子，但这样的日子却不容易得到。因为她的男人不想，她的男人跟她过了十年，不想再跟她重复十年。陪着一个女人慢慢变老，对于男人来说，除非这个男人自己足够老，否则他是不肯的，至少是不甘心的。

因为，人生行将结束，什么理想啊事业啊激情啊，都太需要花工夫，而他们所剩的时间已经不多了。这个时候他们就会说，人生的意义就在于过好每一天，在于珍惜眼前人。

说老实话，以前我也认为假如我们放弃对生命更高的追求，找一个人生一个娃，然后相夫教子岁月静好，未尝不是有意义的一生。但现在看来，这样的人生也不容易。在过去，我指的是当社会发展没有这么快的时候，当人们奉守古老的道德和传统的时候，一个普通人的一生和他父亲母亲甚至祖父祖母的都区别不大，左不过结婚生子成家立业，然后中间伴有泪水争执伤害，然后激情消失，两鬓斑白，在火炉边打盹儿，絮絮叨叨，然后一生。这样的人生有什么不好吗？对于伟人来说，当然不够壮怀激烈，但对于咱老百姓来说，一辈子不就图个平平安安顺顺当当？可是，那是传统社会。现代社会，除非你 30 岁结婚，而且嫁的是一个 40 岁以上的男人，否则，你就很有可能在 20 岁的时候以为爱情是生活的全部，30 岁的时候，以为家庭是幸福的源泉，但到 40 岁的时候，你却被逼着重新寻找人生的意义！

开放式婚姻

看过一个法国电影，讲的是一对夫妻，生活平淡但彼此相爱，后来夫妻俩约定，开放式婚姻，即保留婚姻关系，但是两人都可以有其他的伴侣。翻译成我能理解的话，大概就是咱俩是要过一辈子的，其他人是玩玩的。他们在和其他人玩的过程中，也不撒谎，直接告诉对方自己是已婚，有伴侣，有婚姻，感情很好。

这个电影之所以让我印象深刻，是因为当时我有一女性朋友，深陷丈夫出轨之痛。她的丈夫介绍她看这部电影，对她说，其实你没有必要这么痛苦，你也可以尽情享受多姿多彩的情感生活，我并不觉得你不好，我也还爱你，你是我的亲人，我们有共同的孩子，我并不想离开你，我只是不想错过生命中其他的可能性；我也没有欺骗那些和我想法一样的女性，她们知道我和你之间的关系是她们不能取代的，她们也压根没有想过要取代你，为什么你还要这么痛苦呢？

她说她就是觉得耻辱，觉得这不叫婚姻。在她的观念里，婚姻必须是忠实的。这个忠实包括身体的忠实。爱就是排他的，你爱了我，就不可能再爱其他女人，如果你说你在爱我的时候，还一定要做我非常排斥的事情，比如和其他女人保持关系，那我觉得你根本不爱我，因为我不接受。

但她的丈夫觉得自己没有任何错，他给她一本书《心心相印》，讲的是萨特和波伏娃。萨特有其他的女性，波伏娃也有其他的男性，而且萨特完全不妒忌，甚至可以与波伏娃和她的美国情人一道旅行。她的丈夫告诉她，这叫“心心相印”，那种用婚姻的忠实唯一束缚对方，叫自私。

事实上，婚姻本来就是一种自私的发明。

在原始社会，人类是没有婚姻的。那个时候人类有的是原始家庭，一群男男女女生活在一起，所有的孩子都不知道自己的父亲是谁，只知道自己的母亲是谁，就像小动物一样。我家养过一只纯白色的小母猫，生了一堆小猫，小猫各种颜色，显然它是这些小猫的母亲毋庸置疑，但父亲是谁，估计连它自己也不知道。

所以，恩格斯说婚姻是私有制的产物，女权主义者说婚姻是父权对女权的剥夺。男性需要婚姻来确认自己的血缘，而女性无此需要。只要是她生出来的，就是她的孩子。之所以在婚姻制度发明出来以后，对女性通奸，全世界都认为是“罪”，就因为婚姻是和财产以及权利的继承联系在一起的。女性如若通奸，男性就无法确认她的后代是否是自己的后代，在没有发明 DNA 之前，只能通过婚姻的忠实来确定这一点。换句话说，女性通奸一旦生了孩子，男性很难验证这是不是自己的孩子，而男性如果通奸，生了孩子，他不能抱回来跟女性说，这是你的。

因此婚姻作为一项制度发明，基本上都是要求女性绝对忠实，而男性相对忠实。因为在漫长的人类社会，男人挣钱养家，多养一个女人多养一个孩子，他自己说了算，但女人本来就是靠人家养的，人家养你不是为了让你给别的男人生孩子。

开放式婚姻和多妻制婚姻最大不同在于，封建社会一夫多妻制婚姻，男性只要承诺糟糠之妻不下堂，是可以在妻子之外再找其他女性的，但开放式婚姻则把这个权利也同样给了女性，双方都可以。但这样的关系，也许真的需要双方必须都像萨特和波伏娃那样吧，否则，一方出去白日放歌须纵酒，另一方在家里庭院深深深几许，那日子可能过得比最惨烈的宫斗剧更撕心裂肺吧。

婚约和契约

男孩和女孩相亲认识，都是事前按照条件筛选过才见的面。男孩要求女孩青春貌美，女孩要求男孩有房有车。见面以后也都心生喜欢，因为都是奔结婚去的，所以很快双方家长也都见了面。全都认可。顺理成章地就该结婚了。谈婚论嫁的时候，女方家长提出过门费，即男方应该在婚前以女方的名字存一个三十万的存款。男方家长反对，理由是我们存了钱您万一不嫁我们了，您这是结婚还是打劫？女方家长立刻回击：我们辛辛苦苦养大的闺女，抚育得琴棋书画皆通习之，您就算是给我们致敬，也应该表示表示。按照老辈的规矩，男方都应该主动给女方送彩礼，您都不应该等我们说！

男方不同意。亲事搁浅。男孩痛苦啊，好不容易见到一个自己喜欢的。女孩也痛苦啊，但爹妈告诉女孩：姑娘，爹妈不是财迷，爹妈就你一个姑娘，多少钱都舍得给你花。养你这么大，真要算账，一百万都不止。我们跟他家要钱，就是要一个诚意保证金。否则，你白白嫁他，过两天，他不稀罕你了怎么办？这个世界上，凡是白来的东西，都不会珍惜，非得是他肯花了钱的！

女孩把爹妈的这层意思给了男孩，男孩觉得也有道理，但自己爹妈已经出钱买了房买了车，再让爹妈给自己这三十万，说不出口。而且即使说出口，自己爹妈也不见得有。老两口一辈子也是工薪阶层，都是辛苦钱。男孩就跑去和丈母娘商量，请求丈母娘的谅解，不是不给，是实在钱紧。

丈母娘说，那就把你那房本上添一个名字吧。

这不用花多少钱吧？

男孩没话了，可他也知道房本上添一个名字虽然不花多少钱，但万一女孩对自己不真心，或者过不到一块，那人家就有权利分走一半房产，那可是爹妈半辈子的积蓄！

平心而论，男孩有所顾虑也无可指摘，现在女孩子多谈个几次恋爱也无所谓，万一房本上加了女孩的名字，人家一句不爱你了，那自己这个恋爱成本是不是有点高呢？他自己就有朋友被人家这么洗劫过；而对于女孩来说，因为男孩的犹豫，慢慢地也就觉得男孩对自己也没有真喜欢到哪里去。她也有朋友嫁了人，也就是一年光景，生了女孩，遭婆家嫌弃，房子还是归人家婆家，婆家还说如果她不愿意带孩子，孩子也可以留在婆家，女朋友气得大病一场，男方找她等于比找借腹生子还经济。

都是老百姓家的孩子，都是辛辛苦苦一辈子攒的钱。好些人说，既然都算计得这么清楚，就别谈感情了。可是，谁愿意谈感情伤钱呢？又不是家有金山银山，千金散尽还复来。一拍两散，重新谈，似乎又太对不起自己，毕竟遇到一个心动的人不容易。而且，还投入感情了。

最后，一个从国外回来的亲戚说，这事儿有什么难办的，签一婚前协议不就可以了？

婚前协议，那多不浪漫？亲戚说，婚姻本来就是一种特殊关系的契约。从古至今，都是如此。只不过在古代，婚约是约定俗成。男的娶女的，女的嫁男的，都意味着是一辈子，女的给男的生儿育女，男的给女的穿衣吃饭。男的富贵了，女的跟着沾光，这叫夫荣妻贵，女的老丑了，男的不能嫌弃，这叫糟糠之妻不下堂。但现代社会，有了离婚一说。而且，男人还和过去一样，只要有钱有出息就可以娶更年轻的，而且还可以一句“没有爱情的婚姻是不道德的”，很道貌岸然地打发掉自己的发妻。而女人，在多数时候，年老色衰有过离婚记录，都立刻比做姑娘的时候大打折扣，大富婆除外。所以，现代社会就产生了“婚前协议”。西方社会婚前协议很普遍，谁都不是完人，感情都会发生变化，感情好的时候把丑话写在前面，这总比古代社会进步，在古代，陈世美不喜欢秦香莲了，要离婚，只要秦香莲不同意，他就离不了，想娶公主只能买凶杀妻。如果有婚前协议，最多是赔秦香莲金银财宝，何至于掉脑袋呢？

最后，这对男女签了协议。约定如因男方过错导致婚姻破裂，那么男方净身出户；还约定按结婚年限，女方有权分割男方的财产。年头越长，分割的比例越大，超过十年，男方如果离婚，需要按年支付赡养费。

双方老人全踏实了——签字说明诚意。女的说，他肯为我签这么苛刻的协议，说明他真的爱我；男的说，这么高的违约金，我得好好过。

婚姻确实是需要爱情做基础的，但，爱情太容易变化，一般小门小户的人家，折腾个婚姻，半辈子积蓄。

钓鱼爱好者爱的是鱼吗?

她总是会碰到那种男的，一见如故，然后各种约。她如果认真了，对方得手之后也就慢慢淡了，通常的借口就是最近忙，在出差等，反正减少接触，避免被她寻衅滋事；如果不让对方得手，对方也不恋战，然后就是有一搭没一搭地来往着，偶尔微信上约一下，约上就相见欢，约不上再见亦是朋友。她问我，他到底是喜欢她还是不喜欢。如果不喜欢，为什么时不时“约”她？如果喜欢，为什么又不愿意建立长期稳定深入可持续性发展的关系？

我说你可以问他呀。她说问过了，对方一般是不回答。有一次面对面逼问，对方说：我还是喜欢你的，但是我不想结婚。

无独有偶，他也总是会碰到一种类型的女孩儿。起初也不觉得她多漂亮，但她主动和他接近，时不时给他发个微信，点个赞，甚至约他看画展，看话剧，谈人生，谈理想，他就以为她对他有意思，然后他就鼓起勇气追了，送她礼物，请她吃饭，随叫随到。可是，他慢慢地就发现，他约女孩并不总是能约上，但女孩遇到需要帮忙的事儿，他永远是第一个被召唤的。他认为这恰巧说明人家姑娘是好姑娘，好姑娘就要矜持，哪能一约就出来？同时，好姑娘也不会随便向不相干的男人求助，只会向自己中意的男人求助。他美滋滋地认为自己是人家喜欢的那一个。直到有一次，他连续约了姑娘一个月都没有约出来一次，他反复想是不是自己做错了什么。朋友说可能是你没有跟人家表白吧。于是他表白了，在微信上，姑娘非常礼貌地回复他：对不起，我不想结婚，我们做好朋友吧。

于是继续做好朋友，他想她只是不想结婚，万一有一天她想结婚了呢。然后她终于请他参加她的婚礼，新郎是一高富帅。他彻底崩溃了，问我：她不是不想结婚吗？我说：她说不想结婚的时候，是指她不想和你结婚，或者她说那句话的时候不想结婚。

故事继续发展，她结了婚，老公很忙，她又和他恢复了好朋友，更加亲密。他于是自作多情地想，也许是她后悔了？如果她不是婚姻不幸，所托非人，为什么她还要和我这么个不名一文的男人来往呢？

我建议她和他，听一下曾被曝光的美国总统特朗普录音。在那段录音中，特朗普炫耀自己喜欢追逐异性，那种“追”就像动物之间的“追逐游戏”，是一种娱乐。现在这个世界，男女平等，以前男人享受的“追逐游戏”，现在女人也喜欢。用网络上的专用术语叫“撩”，男“撩”女，叫“撩妹”；女“撩”男，叫“撩汉”；双方棋逢对手将遇良才兵来将挡水来土掩叫“互撩”。这种游戏本身也是一种娱乐，现在广大已婚妇女开口闭口管各种“花样美男”喊“老公”已成为一种时髦，仿佛不如此就落伍。这种方式让她们感觉自己和她们的母辈有所区别：她们的母辈结婚嫁人以后直奔“黄脸婆”而去，只能贤妻良母与荡妇淫娃之间二选一；而她们这一代，要像她们父辈中的佼佼者一样，仅有名门正配的合法关系是不够的，还要有生活中的知己以及可以随时意淫的“大众老公”。

所以，如果你被人“撩”，恭喜你，不论男女，说明你拥有了对生活的选择权。你可以选择“互撩”，也许撩着撩着就撩出真感情了也未可知。你也可以选择“不约”，假如你厌恶对方或者厌恶这种交往方式。只是，有一点，你最好不要对这种“撩交际”抱有很大的希望，认为对方“撩”你，是对你“情有独钟”，不要再到处问亲朋好友，他是不是喜欢我？否则他为什么总来撩我？即使我生气不理睬他，为什么过段时间他还是会继续对我嘘寒问暖？

亲，你以为钓鱼爱好者爱的是鱼吗？他们为了钓鱼也很辛苦的，也要找专门的时间，也要置办专门的装备，甚至还要顶着太阳或者冒着细雨，在岸边一坐就是大半天。钓上大鱼更是需要耐心，鱼上钩以后还要来回溜鱼，都是很累很熬人的，但那是人家的爱好呀。漫漫人生路，总要有一些爱好才能打发掉生活中的无聊琐碎。有的人爱好钓鱼，有的人爱好打猎，现代社会，钓鱼和打猎都不太方便了，都市丛林，猎艳比猎兽容易，钓人比钓鱼方便，如此而已。

Coffee Place

缺德失忆症

认识好多人，都是那种他要你帮忙的时候，让你觉得你是他这个世界上最好的朋友，各种千恩万谢歃血为盟；等你需要他帮一个小忙，好小好小的，哪怕就是转发一个微博，他都要推三推四，就是不转。然后下次有事他该找你帮忙还找你帮忙，还要说你是他最好的朋友，如果你不帮，就到处说你忘恩负义，而他说的那些他对你的恩，是从来不曾发生过的。所以有的时候我会想，为什么他们撒谎，不要脸，没底线，虚伪，假，却能混得那么好？

直到有一天，我读到一篇文章，我才确定，他们可能是“缺德失忆症”患者——他们把他们做过的坏事都忘记了！

据说这是一种新发现的疾病，英文叫“unethical amnesia”，翻译成“不道德健忘症”。一般人在干了缺德事儿以后，会有内疚、自责、不安这些负面情绪，有的人受不了这些负面情绪，就选择不干缺德事儿。但有另一些人需要常年干缺德事儿的，为了克服这些坏情绪，他们就选择了“失忆”——他们说不记得的时候，是真的不记得了。

他们会非常认真地否认那些他们亲手干的缺德事儿，而且如果你坚持说他们干过，他们会愤怒委屈甚至伤心落泪，让你觉得可能自己真的冤枉了他们，而且你的朋友只要和他们不是很熟的，也会认为你可能冤枉了他们——我曾经认识一个人，可能是这种疾病的重度患者。她擅长和任何一个她需要认识的人迅速熟络起来。这不是毛病，毛病在于，她找你时如神兵天降，忽然你的生活热闹起来：你去哪儿？我也去。你在哪儿？我过来吧。很快，你的朋友都知道她是你的闺蜜。然后有一天，你想约她，总是：亲，我在忙。亲，下周……但是，你却在你的朋友圈发现她在和通过你认识的朋友喝下午茶。嗯，这也没什么，但是再接下来，你发现你的生活发生了微妙的变化：一些以前和你来往的人，看你的目光变了，一些过去的朋友会话中有话地问你，你和她是怎么认识的？

然后再过一段时间，你才会从真正的朋友那里知道，她竟然在你的朋友面前说你的坏话，是那种非常艺术的高级黑。仗着跟你熟，说一些你的是非，有些是非是纯杜撰的。比如她会说你悄悄跟她吐槽过某某，虽然看上去你们关系非常好，但其实你们是有过节的。而事实上，你从来没有跟她吐槽过。再比如，她会把自己扮成你的恩人，到处说你曾经如何穷困潦倒如果不是她借钱给你云云；问题是你从来没有跟她张过口，你确实遇到过困难，但她除了在电话里安慰了两句并没有真的给你帮忙，结果让她一说，你才知道原来你和她之间有这么多故事！所有你对她做过的事，你帮过她的忙，你虽然没指望她记得，但是你没想到，她全记反了——她记成她才是那个施恩者。

跑去问她，她矢口否认，不仅矢口否认，还要出奇愤怒。对于死无对证的事，比如她说我吐槽过我的朋友，我说没有，她则一口咬定说我就是说过的。但对于铁证如山的事，比如是她曾经找我借钱而不是相反，有语音有截图，她会跟我解释，说“我没有恶意”，“我不是那个意思”。然后，你必须原谅她。如果你不原谅，她会找你所有的朋友，让你的朋友替她做“说客”。在她的嘴里，她对你有多么的好，而你却因为一点小事儿翻脸。总之你成了一个斤斤计较的小人。可是，只要你原谅了，基本上就等于给了她再次伤害你的机会。

一度非常苦恼，直到我的家人问我：你为什么老要给她伤害你的机会呢？你欠她吗？

嗯，因为我们认识很长时间了，因为她跟我道歉了。

你为什么要接受她的道歉呢？你明明知道她的道歉只是权宜。

我答不上来——我从小到大的教育都在告诉我，要宽以待人，要原谅别人的错误，别人说对不起，要说没关系。不要睚眦必报，不要没完没了。这种教育把我教育成一个好人，教育成一个没有反抗能力，没有说“不”的能力的人。换句话说，如果我不原谅一个伤害过我的人，我反而会生出内疚，甚至会自责。因为这不符合一个“好人”的行为规范。而那些“缺德失忆症”患者，他们拥有比“好人”强大一百倍的内心。他们混蛋，做了坏事也不内疚，因为他们做了就忘了。如果有人指责他们，他们还会理直气壮地回复：人非圣贤，孰能无过？

因此，现实是，坏人只要内心够强大，伤人就伤人了，反正伤人总比被人伤好；而好人，受了伤害，还要自己花时间养伤，如果养不好，还要被嘲笑。且多年以后好人坏人狭路相逢，好人不要幻想坏人会说一句对不起，他们早已轻装前行；如果好人提起旧事，坏人会云淡风轻丢下一句：我都忘了，你还记得。

你内心想骂街——你凭什么忘了？你伤害了我！我当然记得，因为我被伤害了。

我们一直对好人苛刻有加——一个人一辈子做好事，只要做了一件不好的事，就算坏人；而坏人一辈子做坏事，只要做了一件不那么坏的事，就算好人。所谓“声妓晚景从良，半世之烟花无碍；贞妇白头失守，一生之清苦俱非”。那些把你的生活搅得乱七八糟，然后毫无内疚一脸无辜走开的人，他们只要有一样优点，就够了；而你，既然你打算做一个好人，那你受点委屈就受点委屈吧，人家打你左脸，你应该把右脸也给人家打才对！好人受了欺负，但凡不甘，不肯，不原谅，人家不去指责坏人，反而责备受害的好人，就那么点事儿，你至于吗？人家可能是无心的呢？

所有人都知道，责备坏人，是有风险的，因为坏人会报复；但得罪好人，是没关系的，因为好人宽宏大量。所谓“宁得罪君子不得罪小人”，翻译成现代汉语，就是“欺软怕硬”。君子“软”，好欺负；小人“硬”，不好欺负。所以，宁得罪好欺负的，不能得罪不好欺负的，落实到行动上，就是“人善被人欺”。

说这么多，不是说不要做一个善良的人，而是说，如果下定决心做一个善良的人，就一定要有战区导弹防御体系，善良是需要捍卫的。

坏人嚣张，是因为好人沉默；坏人混得风生水起，好人也是有责任的——你对坏人好，对坏人善良，就等于是鼓励他们做坏事。而对于那些动不动就声称自己没有恶意却三番五次伤害你的人，无论他们多么有趣多么巧言令色，也请一定提高警惕，就把他们当病人吧，权当他们得了“缺德失忆症”。他们缺德是因为他们控制不住自己，但假如你一再给他提供缺德的机会，让他一而再，再而三地伤害你，那就是你活该了。

你有没有在心里默默拉黑谁?

“选一张珍贵照片，朋友发红包才能看。没有发红包的朋友只能看到模糊的照片。”

然后朋友圈很快就被各种模糊的照片刷屏，几乎与此同时，“骂声”鹊起——其中不乏一些有才华的花式吐槽，比如:“想让我花钱看你照片？别开玩笑了，为了钱我这辈子不见你都行。”“今天红包朋友圈教会了我们什么？要想看清一个人，还得靠钱啊!!! ”“穷，连朋友圈都看不起了。”“对于朋友圈这次不要脸的行为，我只想说，有的人的照片白给我都不想看，谢谢自动打码哈。”……

是的，这只是一个游戏而已，你是很认真很开心很投入地参与其中的那个，还是想默默地拉黑他几个的那个？

自从有了互联网，几乎每隔一段时间就翻篇一个时代，博客时代，微博时代，微信时代；为什么洗衣机冰箱电饭煲问世的时候，就没有“洗衣机时代”“冰箱时代”“电饭煲时代”？这是不是就是传统行业传统企业家和虚拟经济网络精英的差别呢？

我不知道应该如何表述这样一种人际关系，从未见面也不认识，但是却在微博上相互关注，并且讨论问题，对，我和张国庆就是这种关系。我在微博说，我有一个朋友，在饭桌上，就因为直接拒绝了别人要求投票，结果好多年的朋友，当场面对面地删了微信。他留言：“微信确实葬送了不少多年的关系；换言之，老朋友上了微信，至少一半会绝交或疏远。”我问他为什么呢，他竟然为回答我这个问题，洋洋洒洒写了一篇长微博，题目就是《为什么微信疏远了很多本来不错的关系》——“有了微信特别是微群，人与人总能在网上遇到，有些人朋友圈又刷屏过度，久而久之，就太熟了，对别人的看法就会随之发生变化。而且人性的弱点是，人往往容易以小节否定他人，而很少有人以大节始终信任和尊重朋友。往往是，很小的事情，大家就翻脸了，或者你就颠覆了对朋友的看法。当然了，这与现代社会普遍缺乏宽容和耐心有关。有些人连你的 144 个字还没看完，就开始望文生义或破口大骂了。”

仔细想一想，这段话不无道理。移动互联网彻底改变了人们的社交方式。

传统社会，人与人之间的认识，通常来说是需要物理接触的，比如一起上过学，共过事，或者吃过饭，最起码见过面。一个人和另一个人成为朋友，除了高山流水遇知音这一种模式，多数时候是要以交往时长为前提的，因此这种“传统时代友谊”相比较“互联网时代友谊”而言，生长期长，共同经历过的事情也相对多，彼此有什么毛病心里都清楚，就算吵架，吵过就吵过了，还是要一起吃饭喝茶聊天打麻将。但社交进入网络时代，相互加个微信分分钟，微博关注一瞬间，连面儿都不用碰，就已经互粉，这种交往速度，“粉转黑”“路转粉”基本都是“秒转”，原本就是点赞之交，失去就失去了吧。

分享一段鹦鹉史航的微博：微博之于我，还有个功劳。某人你若在生活中遇到，可能觉得人家挺好。秀外慧中什么的，但你若先看过此人微博，看到那些你实在难忍的厥词，你心里当然会默默拉黑。线下再见，人家说这是情感专家，但你看看迎面就是一团具体的黑暗，无须酬答交际了。（估计有人也这么看我，反正大家节省时间总是好的。）

其实这段文字也适用于微信。有些人，在生活中和在微信上，判若两人，以至于有的时候，在看他的朋友圈时，会生出一种想拉黑的冲动。

我的高考

很难想象，如果我没有考上大学，人生将会怎样。在高考前几天，我妈妈阴着脸严肃地对我说：如果你考不上，就上班吧，不要再考了。我们家也没有钱让你再考一年。另外，你是女孩子，晚一年，就可能不是晚一年。26 岁，你还是青春，还是匆匆那年；27 岁，你就被贴上“剩女”“大龄”的标签了。

另外，我妈妈说的“考不上”，指的是考不上重点大学的意思。那些联大走读或者需要花钱上的各类民办，都被她等同于“考不上”。她认为没有必要花时间和钱去读那么烂的大学，读了也没什么用，还瞎耽误工夫。

我知道她说一不二。当然她现在年纪大了，对很多说过的话，都予以否认。包括那些曾对我造成巨大杀伤力以及震慑力的语言核武器，她都会说：我哪有！

当然有！我至今还经常做考试噩梦，甚至在梦中哭醒。因为没有答完卷子！难道我有被迫害妄想症？

当年的我，那个不快乐的女生，非常非常非常迫切地想要考上大学，甚至想考离家很远的学校，越远越好。当然，也被我妈一票否决了——就北京吧！不要再远了！

现在很多人都说要快乐教育，不要给孩子太大的压力，嗯，其实不快乐的教育，反而会激发人全力以赴竭尽全力为摆脱不快乐的环境而奋斗。

我当时的想法就是我一定要考上大学，离开家，就是这样！

后来我如愿以偿考上大学，那些没有考上大学的，渐渐地就不和我们来往了。很多年后，他们中的一些人，有了各种令人眼花缭乱的商学院MBA学位，还有世界各地名校的各种游学进阶经历。这充分说明了一件事，高考并不能决定一个人后来所能达到的人生高度。像马云先生，当年就只上了中专，如果他考上了清华北大，可能就会满足于像我认识的一些清华北大毕业的朋友一样，在一家类似500强的公司上班，拿着很高的年薪，然后到了40岁左右的年纪，遭遇职场天花板，纠结于是苟且还是苟且。

每年高考之后，我都会听到我妈妈安慰她的朋友同事中，那些孩子没有考上大学的。她会对他们说：干吗一定要逼孩子考大学？考不上也没有关系嘛！条条大路通罗马！

但是我清晰地记得，在我面对高考的时候，她给我的压力——她没有逼我一定要考上，她只是跟我说了下面的话，不是原话，但其大意我终生难忘。

第一，你不美，上天没有给你惊人的美貌，你不属于明眸善睐长袖善舞款，所以很难想象你可以靠招人喜欢谋生；

第二，你的父亲很早去世，所以拼爹这一项，直接划掉；

第三，咱家虽是书香门第，但并不富有，拼钱拼资本想都不要想。

综上所述，对于你这样颜值平凡，家境普通的女孩子来说，唯一能为自己争取公平的机会，可能就是考场上拼分数了。这虽然残酷，但总比拼颜值拼爹拼钱，要赢面大一点吧？如果拼其他的，你连报名的资格都没有呢。

上面这些道理，我妈妈以各种方式让涉世未深的我明白，虽然那个时候，我很反感听到这些满满负能量的人生道理，但现在想想，这可能就是只有亲妈才会说的话吧！哈！哈！哈！哈！哈！哈！

我那忧伤而又文艺的高中时代

印象中，我学生时代的评语里似乎总有一条：“希望以后注意团结同学。”我那时很委屈，我并没有不团结同学，我只是生性羞涩，沉默寡言而已。高中时代，我瘦小，矮，总坐在第一排。我没有傲人的才艺，不会唱歌跳舞拉小提琴，也没有强健的体魄，能在运动会上遥遥领先为校争光。而我又不是一个喜欢在路边鼓掌的人，相对那些来说，我似乎更喜欢一个人待着——课间的时候，女同学一起丢个沙包啊什么的，我在看课外书，我总是很安静；中午的时候，很多家远的同学不回家吃午饭，就在一起聊啊玩啊打啊追啊，我总是到附近的一个书店，在那里看书。我喜欢看书，一本一本，站着看完；甚至包括习题集，我也是拿着纸和笔在书店里一道一道做。我父亲身体不好，一直住院，开始我并没有意识到有多严重，母亲也没有告诉我。后来父亲一直辗转于北京各大医院，大约有两年的时间，直到他去世，没有回过家。

那时，家里人的焦点都集中于父亲——我是一个省事儿的孩子，学习成绩不是最好的，但也总在前十名，好的时候个别科目也拿过第一，戴着厚厚的大眼镜。有一首曾经很火的校园歌曲《同桌的你》——“老师们都已想不起，猜不出问题的你，我也是偶然翻相片，才想起同桌的你……”如果，如果，我的同学能想起我，我应该就是那个不容易被老师和同学想起的同学吧？只是，那个时候，我们没有同桌，所有同学的桌子都是拉开的，一排男生，一排女生，中间隔着一个人的距离。所以，老师上课的时候，经常直接走到那个睡着的同学面前而不必用粉笔头丢他。

总之，我是一个寡言的孩子，也没什么特别之处，很少有同学主动和我说话。记得有一次，好不容易有一个同学主动和我说了一句，竟然是：你为什么总穿球鞋？我不记得当时是怎么回答的，可能根本没有回答，但她的表情和眼神真的伤到我了——我应该不到17岁吧？应该是最敏感最敏感的年纪吧？我立刻感觉到我和她们的差距。她们下了课，会成群结队叽叽喳喳地逛街听流行歌曲，会悄悄地买牛仔裤和皮鞋，会分享不和父母说的秘密，会抹口红，会相约着买人生的第一双高跟鞋，会议论男生以及被男生议论——但是我父亲病在床上已经两年了，难道我能跟母亲说，夏天来了，我想要一双漂亮的时髦的粉红色凉鞋？

我父亲在我高二那年去世。紧接着，把我从小带大，不曾离开我一天的外婆重病。我经常要去医院——外婆住在协和；学校老师和同学都开始备战高考，没有人注意我。我迟到或早退，老师从来不批评。班干部文艺委员体育委员他们依然风头强劲，担负着校园明星的角色。有同学早恋，大家都在议论他们，我不知道。等我知道的时候，一定是老师开班会。然后有一天，忽然有一个男生，问我要考什么大学，填什么志愿——他说我们可以填一样的。从那天起，我们亲近起来。他把他的笔记借给我，我丢下的课，他会帮我补上。我们住得不远，经常一起上学一起下学。直到高三那年的寒假，我外婆去世——所有的同学都在学校补课，而我外婆去世了。我对他说，我不想上大学了。他对我说，你要上，你和我一起上。上大学的费用，我给你。

我的世界从那天起有了色彩——我不知道这是不是早恋。他没有表白，我也没有。我们照旧一起上学，一起下学。我丢的课太多，不会做的题太多，他学习很好，帮我辅导。我们成天在一起，但老师视而不见。很多年后，当年的老师知道我们没有在一起，万分遗憾。我对老师说，我们在一起只是学习。老师推了推眼镜，什么都没有说。

现在回想起来，我们在一起除了学习，还会说很多很多的话。他是一个生性乐观的男生，用现在的话说，阳光大男孩，他永远不懂我为什么忽然就哀伤了。

然后我们上了大学，不在同一个学校，依然很亲近，依然每个周末一起回家。直到有一天我对他说，有一个男生追我向我告白我在犹豫要不要答应，他当时依然像我的大哥哥一样，说：你要是喜欢他就答应他啊。

于是我答应了。那时候我只有 17 岁。还不懂爱情，也不懂男生。很多年后，高中时代的同学在微博上找到我，怯怯地问我：你高中是在某某学校上的吗？我说是。她立刻问我还记得她吗？我真的不记得了。她提示我，各种提示，最后我想起来了——

真的想起来了，我很惊讶她居然能记得我。她说其实大家都记得呢，只是那个时候，你不太爱理同学！

原来，我真的不注意团结同学。但，我真的感谢我的同学，他们接受了一个和他们不太一样的同学。于是，我拥有了一个忧伤而又文艺的高中时代。

答疑解惑 〉〉〉〉〉

假如灰姑娘没有嫁入豪门

陈彤老师：

您好！我刚过25岁生日，最近一段时间一直非常焦虑。我学历不高，家境不好，从18岁开始到现在，干过售货员、收银员，还有各种学徒，到现在，因为很多店面都被网店替代了，也不需要售货收银之类的，我就非常迷茫，不知道还能干什么，或者说不知道什么行业不会被淘汰。我不知道自己喜欢什么工作，因为所有做过的工作很少有我真正喜欢的。以前有个同事对我说，只要想干什么，去学就是了。我当时说，比如我想当建筑设计师，但我连大学都没有上过，可能吗？谁会让我当建筑设计师？或者就说让我当建筑设计师，我会设计吗？就是现在去学，我什么时候能学得会？我的男朋友见我什么工作都干不长，对我也有些失望，我该怎么办呢？希望您能给我建议，我想知道像我这样的人怎样可以成功逆袭？

阿英

阿英：

你好。在回答你的问题之前，我先说说我的苦恼。我写过一些电视剧，都是自己喜欢的和想写的。但是最近一段时间，我有点郁闷，因为所有来找我的影视公司，都希望我写各种草根逆袭女神，或者灰姑娘嫁入豪门的故事。简单说，就是如果男一号是草根，就一定要写白富美爱上他各种追求他，他虽然在剧的开始一文不名，但在剧的结尾终成大业；如果女一号是灰姑娘，则无论如何要写嫁入豪门。

假如我说我想写一个灰姑娘没有嫁入豪门的故事，那么你一定要写她自己成了豪门！假如也没有！那就不要写了！因为灰姑娘如果没有嫁入豪门，她就是一个在厨房里削土豆皮的姑娘，除削土豆皮外没有任何其他技能，如果削土豆皮算技能的话，谁要看她的故事?

于是我仔细研究了灰姑娘嫁入豪门这一类型的故事。灰姑娘武不可安邦，文不可治国，琴棋书画，十八般武艺，好像也没听说会哪样。在碰到王子之前，就是被后妈和后妈的亲女儿各种欺负。碰到王子之后，王子对她一见钟情念念不忘，然后人生翻转。我发现这种剧看多了，会中毒，中毒之后的症状有点类似那些来找我写戏的制片人。他们认为灰姑娘如果没有嫁入豪门，或者自己也没有成为豪门，那就没有写的必要了。言下之意，那样的人生就不值得过了。

我不知道你是不是也这样认为。在你之前我收到过很多类似来信，都是直截了当问如何才能嫁入豪门，或者如何才能迅速实现梦想——这些梦想包括但不限于成功富有名利双收。比如有人问如何能出一本畅销书，还有人问如何能成为大明星，等等。能嫁入豪门，能收获成功，能富可敌国固然好，但是，毕竟这个世界大部分人都过着普通的生活。如果我们不巧正好被命运安排为普通人，我们在厨房削土豆皮，连遇到王子的机会都没有，我们怎么办呢？我们难道就终日为此烦恼或者自暴自弃？难道那样就能提高遇到王子以及成为豪门的概率吗？

我不是要你认命。学历不高，家境不好，没有什么特别的一技之长，就不要好高骛远了，我不是这个意思。学历不高，家境不好，看上去没有什么特别的一技之长的人，也有嫁入豪门或自己成为豪门的，但那毕竟是少数，属小概率事件，很难批量复制。对于大部分人来说，多数情况是我们要很努力很努力很努力，才能过好一份普通的生活，或者说不至于过砸。

因此我给你的建议，只能是怎么让自己努力过得好一点，而不能是灰姑娘成功逆袭的秘籍。

第一，减少烦恼的时间。为了做到这一条，暂时离成功学远一点。那些告诉你只要你努力就一定能实现梦想的人，很多时候他们的梦想就是做一名成功的骗子。骗子这个事情确实是只要努力只要敢骗还是有几分胜算的，其他的就没那么容易了。除了努力以外，多数时候成功还是需要天分和一点点运气的。所以你离这种骗子成功学越近，你的烦恼会越多，而且你会更加没有耐心去过普通的生活。你会像那些找我写戏的制片人一样，认为灰姑娘只有嫁入豪门以及成为豪门，才有意义，除此之外所有的生活都不值得过。

第二，把现在用来烦恼的时间用来行动。灰姑娘在没有去皇宫跳舞之前，还在厨房削土豆皮呢。

所以即使找不到自己爱干的工作，也不要不工作，尽量在必须做的工作中，找到点乐趣。并在工作之余，尽量把时间花在能让自己变得更好的事情上。比如健身，不用去健身房，就早点起来在没有雾霾的时候去跑跑步；或者去上自己喜欢的课，学自己喜欢的东西，接触喜欢接触的人，比如手工、烘焙、学英语等。如果喜欢写作，也可以写，像 J.K. 罗琳写了《哈利 · 波特》，像余秀华写了《穿过大半个中国去睡你》，她们在写那些文字的时候，物质状况并不比你现在好多少。

第三，但行好事莫问前程。著名导演李安说他 36 岁才拍第一部电影，所以，急什么？尤其你才 25 岁。你如果真的有什么梦想，你就拿出你生命的十年去做，去学，去积累，十年以后你才 35 岁！比李安拍第一部电影的时候还要年轻一岁呢！怕就怕在你每天只把时间花在着急上，然后一天过去，你急了一天，又一天过去，你又烦了一天。日复一日，今天急明天烦，恶性循环，最后可怕的不是一事无成，而是你原本还有机会“平平淡淡才是真”，现在因为浮躁，着急，烦，你虚度了光阴，连平凡的幸福也丢失了。

陈彤

如果你嫁了一个持白岩松式幸福观的男人

彤姐：

您好。

我和丈夫都是本分人，每天两点一线的生活波澜不惊，也没什么磕碰和矛盾。但我还是觉得痛苦，因为每次我生病，他都是一副漫不经心的样子，甚至还在意我生病时对他说话的语气和语调。因此，我每次感冒发烧，我们都会大吵一架，起因都是他说我对他说话的语气不好。昨天晚上我对他说我胸痛，心理压力特别大。他说你怎么不去看医生。我说我不敢去看。然后他就转身呼呼睡觉了。我的心崩溃了，哭了很长时间，最后我吵醒了他。他说他的命怎么这么苦，后面省略五千字争吵内容。

我们当初是异地恋，他没钱也没时间。由于忙工作，三年来都是我去看他，他偶尔过来给我过个生日，钱还是我出。现在想想，可能从那时起，就确定了我俩之间，我永远是多付出的一方。在结婚前，我家人并不喜欢他，也不看好我们的婚姻。他的父母对他太溺爱了，生活能力为零。但是我很爱他，所以家人也接受了他，而且现在很喜欢他。因为他并不坏，有礼貌，对我家人和同事都非常友善。

我所烦恼的，不是他生活自理能力差。尽管到现在，他连自己穿多大衣服，有几双鞋子，放在哪里都不知道。我的烦恼是，我开始对自己的付出心理不平衡了，我身边躺着的不是丈夫，是“儿子”，甚至不如“儿子”。

我每天乐此不疲地去关心他，照顾他，却换来一个对我如此冷漠的人。我知道我们的婚姻还得继续，但是我很迷茫，我已经习惯了去照顾他，他也习惯了被我照顾，但这不是恶性循环吗？我也希望他能照顾我关心我，或至少对我的关心照顾有所回应啊！很多人对我说，他之所以这样是你惯的。所以我的问题是，我要怎样做才能让他有所改变？我毕竟也希望我的男人不是婚姻中的孩子，而是一个有担当的丈夫。

凝凝

凝凝：

你好。先说一件其他的事儿。前儿天，一个男人跟我说，越来越看老婆不顺眼，完全成一“大娘们儿”，说话声若洪钟，走路昂首阔步，完全没有别人家太太的优雅，含蓄。他老婆我认识，当初他喜欢他老婆，就是因为人家不作不装。他之前有一个女朋友，每天花大量时间梳洗打扮，还各种敏感脆弱。两人出去看个电影，她要化妆五个小时，所有衣柜衣服全穿一遍，使他烦不胜烦。

我跟他说，人家没变，变的是你。他回复我，谁能一成不变呢？

他家最近在各种大闹。他彪悍的妻子拍桌子打板凳指着鼻子骂他：当初你娶我的时候，说你最讨厌败家娘们儿，你最喜欢勤俭持家的，现在你嫌我不如那些败家娘们儿温婉可人了，那些温婉可人得花多少钱你知道吗？总之，他夫人认为他是一个骗子，骗她嫁给他，骗她跟他过节俭的日子，然后嫌她脸上有皱纹了，嫌她没气质了。“你以前不是说你喜欢我这种性格烈的，直来直去的女汉子吗？怎么现在改喜欢奶茶妹，绿茶婊啦？！”

回到你的问题上。你当初喜欢他的时候，就是你付出多。现在，你感觉到不平衡了，所以你想调整。不是说你有什么错，而是对于你的丈夫来说，他的感受可能会和我前面说的那个例子中的“女汉子”一样，会觉得委屈——结婚之前，你各种无微不至不求回报地照顾他关心他。让他以为你会一辈子一生一世这样照顾他关心他，然后现在结婚了，你忽然不高兴了，要他也照顾你关心你。他会不会有一种上当的感觉？他会不会觉得原来当初你并不是真的爱我，你照顾我关心我，是为了嫁给我，现在你又提出新主张了？你的丈夫可能不善于表达。我一个朋友是直接把问题踢回去：我之所以当初肯娶你，就是因为你无条件地照顾我。如果你早说你做不到，我就不跟你结婚了。当时有别的女孩子更喜欢我，比你好看比你强，但就是不太会照顾我，所以我才放弃了她娶你。

话伤人吧？我只是给你模拟了一下。如果你直截了当和他短兵相接，多半是如此，或许这也是你省略掉的那五千字吵架内容。

婚姻关系从某种程度上说是一种契约关系，是双方的一种约定。所以当你要修改约定的时候，你要考虑对方的感受。很多婚姻的破裂，就是因为双方互不认同对方的约定，又都要强制对方执行自己的规则。

我最近看了白岩松的一篇文章《没有一代人的青春是容易的》，其中他描述一个婚后状态：“老公在那儿看电视，拿着遥控器在那儿看报纸；夫人在那儿织毛衣，偶尔看下电视；孩子在那儿写作业，一晚上没多少话。一会儿泡完脚说，睡吧。我问这种状况怎么样？很多大学生说，快离了吧。但是，我想告诉你的是，对于相当多的四五十岁的人来说，这是能想象的一种最幸福的生活。生活不会是天天放礼花的，礼花之所以好看是偶尔放一下，天天放的话，受不了。”

当然我相信白岩松的年龄一定比你大很多，所以你一定不能接受他说的这种幸福。你和他文中提到的大学生一样，你即使不说快离了吧，你也会说太窒息了。然后你会问我，有什么办法能改变目前的生活状态?

婚姻体验是非常个人化的。白岩松觉得幸福的，你不一定。所以如果你嫁了一个持白岩松式幸福观的男人，你应该怎么办呢？我的建议是，求同存异。对，生活不会是天天放礼花，所以你不能要求他天天给你惊喜，或者像偶像剧中的霸道总裁一样无条件无原则地宠爱你每集都给你惊喜和礼花。但是你可以和他协商，咱们多久放一次礼花？需要提醒你的是，因为他大部分的时间都在工作上，或者为工作焦头烂额，所以甚至需要你提供给他“礼花方案”，由他在你的方案中选择。也许他开始也不愿意，觉得浪费时间，你或者女汉子的霸道野蛮，或者弱女子的楚楚可怜，总之无论是撒娇还是撒野，看你老公吃哪一套，你的目的就是和你老公约定好你们的“礼花时间”和“礼花周期”——我猜你们之所以争吵，是因为你没有提出建设性的解决方案，而只是单纯的指责，类似你为什么不关心我？你为什么这么冷漠？你要告诉他，或者启发他，你要的是“礼花”，而且你并不要求天天礼花，也许他就不会和你吵了——你不说你要礼花，他又猜不到，你哭得他烦。尤其是半夜睡觉，他被你吵醒了，这个时候难免不理智，不理智的时候说的话难免升级，然后你就难免多想，一想就想到结婚前，然后更加委屈，他更加心烦，最后他就容易说出：既然这样，你当初为什么嫁我？然后你就更加伤心，问天问地问自己，为什么我付出那么多，换来的却是他的冷漠。

陈彤

我的闺蜜是贱人

陈彤老师：

我最近遇到一件非常非常不开心的事情，我的闺蜜总是逼我做一些我不愿意做的事情。比如她会不许我和某个人来往，说那个人如何如何不好，如果我还要继续和人家来往，她就会不高兴，发脾气，好几天不理我。我很珍惜和她的友谊，但是她的这种友谊让我常常有窒息感。她还经常在我面前搬弄是非，说别人的坏话，但是转眼她就跑去告诉周围的人，那些坏话是我说的，我有口难辩。因为所有人都知道我们关系好，我即便解释也解释不清楚。她还会当众数落我，说了就说了，干吗不敢承认？

我性格比较弱，嘴也笨，不像她，气场强，长得漂亮，伶牙俐齿。她很有些像《红楼梦》中的王熙凤，朋友很多，以她为中心。她很能干，很聪明，领导上司都喜欢她，办公室中，凡是得罪她的，都被她孤立，不久都离开了。

我现在很苦恼，她似乎有很强的控制欲。只要是我认识的人，她都要我介绍给她认识。但是，她认识的人，从来不介绍一个给我认识。这些也无所谓了，问题是我介绍给她认识的人，在他们认识后，她就挑拨离间。其中有一个男生，她告诉人家，说我和她说过如果他不那么丑，我会考虑嫁他。导致那个男生很愤怒。我是发现那个男生忽然不理我，很久之后才辗转知道是因为她。

我不懂她为什么要这么做。我去问她，她说你至于为了一个丑男人和我翻脸吗？我是你的闺蜜呀！然后我还没发火，她先发火，骂我忘恩负义，她说的恩就是她给我介绍了工作。当然她对我好的时候也很好，可是她说翻脸就翻脸，让我真的非常非常痛苦，不知道她为什么要这么做。她伤害了我，可是反倒像我伤害了她！我做错了什么？

格格

格格：

你好！

按照你信中所说，这样的朋友应该是不值得交往的。你为什么还要继续和她交往下去呢？可能你会说，我没有其他的朋友，所以她即使有种种让我难以忍受的习性，我还是觉得比自己一个人要好。那我就无话可说了。就像有的夫妻，吵闹了一辈子，相互给对方差评，折磨对方，不吝给对方最大的伤害，但还是离不开。不是因为有多爱，是因为他们若离开对方，可能在这个世界上再也找不到一个愿意忍受他们的人。这就是所谓的贱人配狗，天长地久的原理。好人大家都喜欢，都有人抢，但坏人，因为大家都讨厌，他们好不容易凑成一对，就不容易离散。

话说回来，如果你认定自己是一个好人，认定自己即使离开她，你还是能够找到朋友，你就不会纠结于反复问自己，为什么她要这么做?！为什么她伤害了我，却还要冲我嚷嚷?！我到底做错了什么?！

停止问自己这些问题，就当作是物种多样性吧，大千世界，什么人都有，有的人就是坏，有的人就是控制欲强，有的人就是爱干损人不利己的事。至于他们为什么要伤害别人，他们为什么心理阴暗，这是他们的问题，你既不是心理医生，又不是精神分析专家，你的一生用来过好自己的人生都还不够，为什么要浪费在一个不停伤害你的人身上？你之所以太在意她，除了因为你重感情之外，可能还因为她在你生活中所占的比重太大。如果骤然被她孤立，你会失去平衡。俗话说，惹不起还躲不起，你性格弱，嘴笨，不敢当面和她发生冲突，你退避三舍总可以吧？跟她稍微拉开点距离总会吧？任何时候，独立自主自力更生都是一项不错的选择。

或许你难以做决断，难以割舍还有一个原因。有的人属于集天使与恶魔于一身的人格，特别有才华特别有魅力，但是特别没人品特别没底线，这种人要不要和他做朋友，以及怎么做朋友。如果你看名人传记，比如毕加索，达利，帕格尼尼，几乎都是这样的人，自私，喜怒无常，自我中心，不考虑他人感受，但才华横溢与众不同。和他们建立亲密关系无疑是一分钟天堂一分钟地狱。不知道你的闺蜜是不是属于这种类型。我的观点，假如你来到人世的目的不是为了做殉葬品或祭品，你就要学会和这种人保持安全距离。这个距离可以使你欣赏到天使的光环，又不至于被恶魔所伤。当然假如你内心强大，不惧战斗，甚至喜爱挑战，我以上这些建议全都作废。

陈彤

我很爱他，可我有一个让我难以启齿的家庭

陈彤姐姐：

我硕士毕业，26 岁，去年工作。我和他是经朋友介绍认识的，我们在各方面都很合拍，很快坠入了爱河，我们彼此深爱。他各方面条件都很好，包括他的家庭他的父母以及各方面无论是物质还是其他，总之就是层次很高。与他以及他的家人在一起，能感受到幸福和美好。与他相比，我的家庭包括父母都让我失望。我知道我的父母并不相爱，虽然父亲对母亲也还可以，而我的母亲长年卧病，各种治

疗，已经拖了很多年了，每隔一段时间就要住院，现在正接受化疗。我的男朋友几次要去我家，都被我以各种理由婉拒了。我不知道应该如何告诉他我的家庭情况，只要一想到我家和他家的巨大差距，我就真心难过。我知道他爱我，而且他也会接受我的家庭，但是我就是无从开口，不知道怎么跟他说。可是，憋在心里不说又总觉得不安，像是刻意隐瞒。彤姐，真心希望得到您的开导与建议。

小绿

小绿姑娘：

有些事情，是必须要面对的。比如，你有一个家庭，无论这个家庭你是否喜欢，是否让你失望，但它存在，你就必须面对。而且，说句心里话，你年纪轻轻，就能读到硕士，你还是应该感谢父母的。当然，我相信这中间有你自己的努力。你努力提升自己，希望改变自己的命运，希望自己不要像你的父母那样过一辈子。但是，如果你因为受了教育，有机会接触到更好的生活，因此嫌弃你的家庭，认为他们没有给你长脸，并且为此感到自卑和苦恼，那就是你自己的问题了。

我不想给你讲大道理，我相信道理你一定都懂。你 26 岁了，读了硕士，什么道理你不懂呢？你将来也会有孩子，如果有一天，孩子对你说，你为什么不是大明星大富豪？你为什么没有嫁给英国王子或比尔·盖茨？你怎么回答呢？你可能会对孩子说，亲爱的孩子，妈妈已经尽力了，你已经比很多孩子幸运了。但是你的孩子依然不满足，你会怎么想呢？你是不是会觉得格外心寒？

我懂得家里有一个家庭成员，而且是重要的家庭成员长年卧病所给家人带来的痛苦和负担，但是，亲爱的，人吃五谷杂粮，谁能保证自己不生病呢？你今天 26 岁，你朝气蓬勃，但是，天有不测风云，假如你不幸罹患疾病，你是希望你的亲人能陪伴你鼓励你，还是以你为包袱觉得你耽误了他们幸福的生活？

我给你讲这些你早已明白的道理，不是要批评你或者指责你，而是希望你能将心比心。并且懂得，一个人活在世上，就像打麻将一样，不可能每把牌都是清一色一条龙，总也有不理想的时候。如果一遇到牌不理想，就怨天尤人，跟那些一手好牌的人比，你只会让自己越来越沮丧。而且最关键的是，沮丧也不会让你把烂牌变成好牌，反而还使你失去了打牌的乐趣。

很早以前，我看过一个故事，不知道真假，但我喜欢这个故事，现在讲给你，希望你能有所感悟——美国总统罗斯福小的时候和家人玩牌，他只要抓到的牌不好，就摔牌。有一次，他又摔了牌，然后，母亲摊开手里的牌给他看，对他说：“你看，我手中的牌并不比你的好，但我能坚持打下去，而你老摔牌，还没有结束你就已经输掉了。”

先天的条件，比如长得是美是丑，家境是贫寒是富裕，父母是达官显贵还是草根百姓，这些就像抓到手的牌，有几个人能一发牌就是两个王四个二？多数人的牌都是有好有坏，而高手则是能把一手烂牌打得风生水起！我说这些话，不是安慰你，而是希望你能面对现实——因为如果你在 26 岁的时候还学不会面对现实，那即便生在富裕之家，你也有可能输掉你的人生——很多输得很惨很惨的输家，往往都是握有一手好牌，就像淹死的多是会游泳的一样。

上面全是我的开导，至于建议，你还能怎么做呢？我相信你现在感受到的压力，很大程度上来自你的隐瞒——而隐瞒的时间越长，你的压力就越大。因为谁都不傻，你隐瞒得越久就越容易让人感觉到你可能别有用心——也许你是希望找到一个恰当的时间点，在他对你的感情深到一个最大峰值，难以离开的时刻，再告诉他。亲，那就让我祝你好运吧，希望你能让他相信，你之所以没有早告诉他，是因为你太爱他，怕失去他，也希望他能善解人意，理解你是因为爱而变得卑微，而不是刻意隐瞒或欺骗。

陈彤

我该追求女强人吗？

彤姐：

你好！

我经朋友介绍，认识了一个跟我同岁的女孩。她是一个公司的部门经理，聪明，能言，工作能力强很优秀。相对她来说，我太普通了，很一般的学校毕业，很一般的工作。跟她认识有半个月了，相处得挺好。我把她的情况给我家人说了说。我家人反对我和她来往。我家人的意思说：她能力强，依你的脾气和性格根本不行。将来你和她一起，在家中的地位你肯定处在下风而且还有吃软饭的嫌疑。

别人看到听到你的妻子比你强也会议论你，人言可畏啊！不要和她谈恋爱，还是算了吧，找一个合适你的人。

我自己也在想，难道真的是女人越强越没有男人要吗？我在网上看到一篇文章里边有段话是这样的：她是在《欲望都市》中参加“8 分钟约会”的女律师。最初，女律师一开口就对约会对象说：“我是一名律师。”“我是事务所的重要合伙人。”“我是……”结果，没人对她有兴趣。后来，她只好改口说：“我，什么都不会，什么也不是。”没想到对面的男人立刻热情起来，对她口若悬河地介绍自己。许多普通的女子都嫁人了，有了自己温暖的家，许多女强人则遭遇到离异，家庭不和睦，吵架。我扯得是不是有点远了，还没怎么着呢！我就好像“一副世界末日”到来的样子，杞人忧天，自己还不一定能够追到人家就想这么多没用的。可是万一要是真走到一起，我……

我不是不喜欢她，但是现在的我十分迷茫，希望你抽时间给我回信，谢谢你！

小强

小强：

你好。

关于该不该追求女强人，这个问题因人而异。有的男人，比较无法忍受自己的老婆比自己强。他们娶老婆，就是为了让老婆听自己的，或者说，他们要过那样一种日子——老婆很平凡，很听话，家里人，比如你父母，对你老婆很有权威，因为你养家嘛！经济基础决定了夫家的话语权。如果你老婆什么都不是，工作不如你，能力不如你，挣钱不如你，你父母在你老婆面前就不会有“摧眉折腰”的感觉，可以理直气壮地指使她，而且在女方家人面前，你父母也可以腰板很硬。但，有的男人就比较喜欢女强人。女强人有特殊的魅力，视野开阔，挣钱能力强，也会给男人一种自豪感。毕竟，无论她多么能干，她是你老婆嘛！

所以，要看你自己到底喜欢不喜欢，别人都说女强人不好，但你喜欢，那就是好；别人都说女强人好，但你不喜欢，那就是不好。也许，你的父母会说，你现在喜欢，将来发现不合适，就晚了。事实上，假如你现在喜欢，但你因为担心将来不合适，而放弃了，也许你的遗憾会更多——比如你按照父母的意志，找了一个各方面都比你差的女孩子，难道你的父母可以保证，你就快乐幸福吗？难道各方面都比你差的女孩子，就一定会对你低眉顺眼言听计从吗？不见得的。再说，假如你是这样一种男人——你从来不觉得一个没有主见的女人有什么可爱的，你就喜欢优秀的能干的女人，就愿意听她的，对她低眉顺眼言听计从，你觉得这就叫幸福快乐，那你当然就适合女强人啦。在谈恋爱这件事情上，我个人认为首先要尊重自己的感受。婚姻像鞋子，合适不合适，喜欢不喜欢，只有你自己知道——你爸妈喜欢的鞋子，你穿在脚上不一定舒服，对吧？当然，你自己喜欢的鞋子，可能也会把你的脚磨出血泡来，但，那另当别论。就像芭蕾舞演员，芭蕾舞鞋不舒服，但人家穿那鞋就不是为了舒服的，而是为了把脚尖立起来！

陈彤

当“白骨精姐姐”嫁给“没工作弟弟”……

陈彤：

你好。

我35岁，老公比我小8岁。认识五年，半年前结婚，我提出的。毕竟这么多年，我没有遇到过比他更让我心动的男人，不愿错过。我们开始是网友，都喜欢音乐艺术还有电影。婚前他从事IT类工作，收入还行，但因为不喜欢，一年前辞了职，之后一直赋闲。我算是传说中的“北大荒”“白骨精”——北京、大龄、情感荒芜；白领、骨干、社会精英。就算他一辈子不工作，我挣的也足够我们吃喝玩乐。

更何况他没什么花钱的爱好，我们从没因经济问题发生过争执。我也可以断定，他和我结婚不是为了我的钱。

他总想找与自己爱好相近的工作，比如影视传媒类，但一直没有如愿。这我能理解，但让我不安的是，他好像非常享受这种“居家生活”——每天上上网，看看书，睡睡觉，出去走走，完全没有压力。他根本不想上班，即便有面试的通知，也会以上班地点太远，职位太低为由拒绝。他说与其去做不喜欢的工作，不如在家多读读书。但我知道，他所谓的读书，就是一种消遣。

一年来，他常常睡到下午才起。我由于工作关系，需要在国外工作一段时间。他现在跟他母亲住在一起。他母亲非常娇惯他，失业一年，从没有说过他半个“不”字。又因为我经济条件好，完全没有买房买车的压力，所以他越来越享受现在的生活。

我也不知道该怎么说他，说重了他不高兴，说轻了没有用。更何况我们天各一方，隔着一个太平洋，只能靠电话或网络联系。又因为结婚时间不长，不想因为这些事破坏本来很好的感情。

我并不需要他养家糊口，也不指望他赚大钱。我只是对他的状态感到失望，并对未来要共同面对的几十年的生活感到隐约的不安。

我该怎样与他交流呢？或者，我放弃现在的工作，回国和他在一起生活算了？也许没有了我这份工作的依赖，他会有些责任感吧？

常常

常常：

你好。

首先我要说的是——你想放弃现在的工作，让他没有了依赖，他就会去工作。你脑子没有进水吧？

他比你小8岁，跟你相识五年，也就是说，他认识你的时候只有22岁。一个男人，从22岁到27岁，有很多恋爱机会，而他一直眷恋你，并且最后跟你结婚，这说明什么？说明你的身上一定有他所需要的东西，或者换句话说，有他在别的女人那里所得不到的东西。我不是说他爱你，跟你的经济地位有关。但有一点不能忽视，假如您就是一个35岁贫寒拮据入不敷出的女人，我想他是很难爱上您的。即便爱上，也很难结婚。即便结婚，那种日子也很难让他喜欢。

说老实话，他没什么错。在我看来——他原本就是这样一个人，不喜欢压力，只喜欢按照自己的兴趣做事，没什么金钱观念，要他把有限的生命浪费在他不喜欢的工作上，他会感到痛苦。他不愿意像常人那样为柴米油盐过一辈子。如果你不接受，那么你就不要和他结婚。如果你接受，那么你就要像李安的老婆学习——李安的老婆养了李安六年，你才养了他多久？如果还需要举例子，那么你可以查查欧洲贵族妇女所支持的艺术家。艺术家不工作，吃女人的喝女人的，基本是一种传统。艺术家不拜金，但他们喜欢金钱所带来的富足安逸。这种富足安逸可以使他们逃离柴米油盐的烦恼，使他们不用像寻常男子一样拖家带口为家所累。所以无论是巴尔扎克也好，卢梭也好，他们从来都不以花年长女人的钱为耻。

当然，你会说如果他不是李安呢？或者即便他是李安，当他成为世界一流导演以后，他还会爱我吗？亲爱的，那是另外的问题。所有的事情都有好的一面和坏的一面。好的一面，是你享受了和他在一起的时光。他爱你，陪伴你，你的家里永远有一个依赖你的男人。坏的一面，是他不工作，没有收入，把整个家庭的重担都交到你的肩膀上。

当然，还有更坏的一面，恕我直言，说出你内心的隐忧——你的担心来自两方面。一方面，你害怕如果他真就这么一辈子不工作，那么你除了要承担他的生活费用，还可能包括他母亲的养老。另外你已经 35 岁，面临生育。万一你生了孩子，收入降低，将来的生老病死，你自己的，你孩子的，谁来保障？再过五年，你就 40 岁了。假设你马上生孩子，你 45 岁的时候，你的孩子才 10 岁，我想你是在为你的这个未来担心吧？他如果连份工作都没有，谁来保障你和孩子的未来？另一方面，你可能还是隐隐担心，有一天他会离开你。如果你们共同生活了十年，你默默支持了他十年。他没出息，也就算了。最坏的担心刚才说过了，你老了病了收入降低了，而他无法给你一个经济的保障。我们说另一个担心，假设他出息了，而你老了病了收入降低了，他是否还会在你身边陪伴你呵护你爱你关心你？

关于这一点，你要像我认识的一个男人学习——他爱上一个比自己年轻很多很多的女人。他无私地帮助她，给她买车买房提供她所需要的生活，甚至帮助她创业实现梦想。周围人说，如果她翅膀硬了，展翅高飞怎么办？男人说，至少我爱过了。她曾经属于过我，她的不可复制、不可再生、一生只有一次的青春是我的。

您要是有这份心胸，您就不会烦恼了——能白头到老，只当天赐良缘，赚了。不能，毕竟你爱过，快乐过，有什么遗憾？你自己不是也说，这么多年，你没有遇到过比他更让你心动的男人吗？是你自己不愿错过，对吧？

最后，送你两句话，有空的时候自己多琢磨琢磨。第一句：世界上没有无缘无故的爱，也没有无缘无故的恨；第二句，天下没有免费的午餐。

陈彤

她很爱我，她不漂亮，但我只喜欢美女怎么办？

彤姐：

你好！

我是大四男生，现在正忙论文和工作。我和她是在大一下学期经同学介绍认识的。她不是我喜欢的类型，但因为当时我自己感情碰到问题，很痛苦，又只身一人在这个城市，所以就跟她来往了。不过因为不是很喜欢她，所以一直保持距离，没有走得太近，但她却非常喜欢我，用她自己的话说，对我爱到不能自拔。

大二下学期，我答应了做她男朋友。其实我心里一直没有接受过她，因为她不漂亮，而我喜欢美女。但因为交往的这一年，她对我实在太好了，而我也想感情是可以培养的，所以就答应做她男朋友。再说，那时候周围男生都有女朋友了。但没有想到，接下来的四个月，无论怎样，我都发现自己无法爱上她。我很虚荣，尽管我自己也长得一般，但我就是喜欢文静的漂亮的眉清目秀的美女。而她大大咧咧，说话还高嗓门，实在让我无法忍受。最后我提出分手，她哭得死去活来。

分手以后，她把她写我的三本日记给我。说实在的，我看了几篇，就没有看下去。我知道她是爱我的，可问题是我不爱她！

我们分手的一年里，她每次打电话给我，都说忘不掉我。我后来就建议她，找一个新人谈一场恋爱就能忘掉我了。没想到，她还真的找了，不但找了，还来征求我意见。我当时说只要她觉得好就好。

她忽然抱住我哭，说如果我还要她，她就回来。我拒绝了。

之后我们很长时间没有联系，直到汶川地震。因为知道她家在那里，就主动跟她联系了一次。那是 5 月 12 日当天。从那以后，她又开始给我写邮件，还常常到我的空间里。再然后，她失恋了。她的男朋友总是纠缠她，威胁她。我为她抱不平，我们不知不觉地联系多了起来。寒假我回老家，回老家的前一晚，我们在一起了。我们以前交往的时候，因为我不是很喜欢她，所以从来没有跟她有过关系。但这次她告诉我，她没有资格再爱我了，因为她把她的第一次给了那个纠缠她威胁她的男朋友。我说没有关系，我没有那样的情结。第二天我就回老家了。在老家的时候，我特别特别想她。她对我说她很后悔，没有把第一次给最爱的人。假期里她还给我充值话费，对我一如既往地好。

现在只要有时间，她基本上都要找我。每次我们都住在一起。我承认对她有身体依赖，但我不知道为什么，当她欢天喜地告诉别人，我是她男朋友的时候，我都会觉得特别没有面子。可能是我的虚荣心作祟吧！

现在我面临毕业，工作不好找，她表示无论我去哪里，哪怕是回老家，她都愿意跟随我，同甘共苦荣辱与共。

我的问题如下：

第一，我总想我能找到比她更适合我的。现在就和她定终身，心有不甘，但又害怕找不到她那样对我好的人。我告诉她说，我们有很多不确定因素，我不能给她什么承诺。她说别人毕业时候也有许多不确定的因素，为什么我们不能像其他的人一样一边增进感情，一边寻找未来呢？她还说如果感情工作都没任何起色，她毕业就准备回老家了。她老家也是贫困山区的，她被这份感情拖得太累，已经支撑不下去了。可我感觉给她承诺就像答应向她求婚一样！我该怎么办？

第二，朋友们都说我很花心。我只是觉得我和异性交往比较近，异性朋友比较多而已。如何处理和异性朋友之间的距离？

第三，我想回老家工作，留在妈妈身边。因为父亲早逝，她抚养我太不容易了。但是又想留在条件好的地方，如何选择？

小陈

小陈：

你好！

你的女朋友是传统意义上的好姑娘。她唯一让你不满意的地方，是她不够漂亮，而你很虚荣。你娶她不甘心。要是搁在从前，我一定会痛骂你一顿，说你不知道好好珍惜，不懂得去爱一个好女人。但因为是现在，我经历了很多，我知道喜欢、爱是一件很难讲道理的事情，它必须水到渠成，心甘情愿，才会甜蜜。如果稍微差那么一点，就容易留下隐患。比如：我劝你好好珍惜她，长得不漂亮不是她的错，重要的是对你好，真心爱你。但问题是你和她生活在一起，假如你就是看她不顺眼，嫌弃她难看，那么你就会跟她找碴儿，她做什么你都看不上眼。

说老实话，她这种女人，可能要等你受了很多挫折之后，才会体会到她的好。但你一定会不服气，你会想，为什么我就不能找一个既漂亮又对我好的女人呢？从理论上说可以，但也有可能找不到，而这正是你所要担心的事情。

我来告诉你，很多男人是怎么做的——他们把人生分成阶段。在没有美女的时候，他们会先找一个对自己好的，让自己有一个稳定的家，然后安心做事业。反正这个女人爱他，肯为他付出，不会跟他计较。然后时间长了，他对她的感情越来越深，也可能就是情深似海了。即便将来再有美女摆在他跟前，他也会觉得还是自家老婆亲切。当然更多的男人是骑驴找马的，美女是可遇不可求的。遇到了，求到了，再回家跟黄脸婆提离婚。这种男人从道德上说很缺德，但从人生上说，他们什么都没耽误。

假如你的女朋友跟我写信，问我她是不是应该嫁给你。我会问她，是不是宁肯将来他找到更好的女人离开你，你也不后悔？是不是认为这辈子只要能在他身边多一天就是幸福，哪怕最终他抛弃你？如果她回答是的，那么我就建议她嫁了，毕竟人的一生找到一个自己喜欢的男人不容易。选择你，对她是一个赌博。因为她离开你，也不见得能找到爱她一辈子的人。更何况她尝试过了，照样被抛弃了，对吧？对于女人来说，最理想的当然是找到一个自己喜欢也喜欢自己的男人。但假如实在不能两全其美，而自己又忍受不了宁缺毋滥的寂寞，那么就不如爱我所爱，挑一个自己喜欢的，放手爱上一把，也许日久生情，你最终爱上她呢？她对你的付出最终感动你了呢？这就是赌赢了。即便输了，最坏的结果也是和现在一样，就是跟你分开。但从某个意义上说，她努力过了，做过你老婆了，跟你在一起过了，然后才离开，没有遗憾了。

最后，我想说的是，人生是说不定的，一定要懂得什么时候争取，什么时候放弃。不要太患得患失。而你问我的所有问题，其实都在患得患失——一方面想回家，一方面又想留在条件更好的地方。到底哪种选择更好，说真话，我不知道，我不是算命的。但假如我是你，我会听从自己心灵的选择。如果非常想去条件更好的地方，我会去的，大不了就是失败，还有什么？最坏的结果，不就是回到老家，陪着老妈过清贫的日子吗？既然那是最坏的结果，何必现在就选！

陈彤

我怎样才能摆脱“剩女”的命运？

彤姐：

我今年31岁了，上午刚刚去相了一次亲，是一个离异的36岁的男人。照例是不咸不淡地聊天，晚饭，然后开车送我回家。我对他没什么感觉，相信他对我也没什么意思。

其实，29岁之后，我几乎每个月都会见1—2个男人。有时会跟其中的某位交往几个星期，然后无疾而终。说出来不怕别人笑话，我从来没谈过恋爱，不曾与任何一个男人牵过手。我的条件并不差，温柔文静，只是容貌平平，身材中等，收入不高但工作稳定。大把大把跟我条件差不多的女孩子都嫁出去了，偏偏剩下了我。我并不挑剔，从一开始就是只想找一个普通的男人。我爱他，他也爱我，然后过一辈子。可是却从来没有遇到让我心跳的男人。我常常感到疑惑：他在哪里呢？再等等，就等到了么？我非常渴望婚姻家庭生活，恨不得立刻就把自己嫁出去，可我就是找不到想嫁的人！最好的朋友劝说我："婚姻里重要的从来不是爱情，找个条件差不多的就行了。"

不是不认同这句话，我也相信，婚姻里有比爱情更重要的东西，但是，我都没爱过呀，让我怎么甘心？就算找了一个条件合适，对我也好的，但就像人家说的："纵举案齐眉，到底意难平。"

现在的日子，对我来说，非常难熬和痛苦。如果一个人，从来都有志于标新立异，要过与众不同的日子，那也罢了。可我偏偏是个最普通的人，就想过"随大流"的生活却不可得！有时候听听杨千嫜的《自由行》，“一生在旅行 / 买票预了双份 / 站站停下最后也空等 / 毕竟也自由过 / 算有幸有不幸 / 当作四处消遣散心 / 预备六十六岁初吻”，会感到一阵阵绝望，难道，真要等到 66 岁才初吻？

阿眉

阿眉：

你好。

在回答你的问题之前，先给你抄录一段《爱经》吧。“谈爱犹如服兵役。怯懦的人们，且请退下。懦夫是不该来捍卫这种旗帜的。黑夜、寒冬、长路、剧烈痛楚，所有辛劳的考验，在这欢乐的营地中，这都是理应忍受的。你须得时常承受自云中落下的瓢泼大雨；你常常冷得颤抖，还得席地而眠。”这段话，是古罗马诗人奥维德说的。

你追求爱情没有错，但除了天生运气好得要命的人，大部分人都必须经历一些曲折一些痛苦，才可能获得那种爱的感觉。也许有的人生得美貌，不必太费周折，就有很多人拿着玫瑰花唱着小夜曲去跟她们谈情说爱，但咱们不是普通人吗？对于普通人来说，幸福从来不是从天而降的毛毛雨，即便是心跳的感觉，也不能靠枯坐一生死等。恋爱的感觉，或者说心跳的感觉，其实是需要双方配合的。有个成语“勾搭成奸”你听说过吧？这虽然是个贬义词，但很准确地说出了男女之间的那层“配合”——郎有情，妾有意，然后才能勾搭到一块。否则一男一女，在一起坐一坐，聊聊在哪儿上班，工作如何，什么时候能聊到脸红心跳呢？如果连脸红心跳都没有，怎么可能生活到一起？所以，女人要学会“勾搭”——眉目传情暗送秋波是勾搭的一种。

我不是要你去做“坏女人”，做勾搭男人的贱女人。我是想告诉你，男人在不同的女人面前，表现是不一样的。你像木头一样刻板地坐在他面前，你希望他给你心动的感觉是不太现实的，除非他是流氓，他善于取悦女人。假如你能接受找一个对你好的男人，即便你开始的时候心不跳，只要你们彼此善待，日久生情也是可能的。但假如你非要心跳，非要他给你爱的感觉，那么你得稍微做点功课——就从那些相亲的男人开始吧，在跟他们无疾而终之前，你可以找点除了工作以外的话题，比如问问他喜欢什么类型的女人。男人有很多面，他跟你放松以后，觉得你有趣以后，自然会给你他的另一面。然后呢，也许有一天你就可以跟他撒娇，把头靠在他肩上，挎着他的胳膊，让他把手放在你的腰间……

当然啦，即便最后都没有心跳，也不要紧，反正你还要接着相亲。与其千篇一律地见面吃饭，不如练练手过过招，也许过着过着，就找到感觉了。然后用好听的话说，叫情投意合，难听的话我就不说了，总之，祝你旗开得胜马到成功。

陈彤

如果你想要的是婚姻，就不要和那些声称不想结婚的人浪费时间

彤姐：

你好。我和男友是在婚恋网站认识的，我认识他的时候 26 岁，现在已经 27 岁了。他比我大 7 岁，我们交往了一年，他说他有恐婚症，不想结婚。我们都是普通家庭的孩子，从事的职业也很普通，平常上班也都很辛苦，谈恋爱基本都是靠微信和电话，一个月也就能见面三次。我没有见过他的朋友，他说他很宅，没有什么朋友。我见过他父母，但他一直不肯见我爸妈，理由是他不想结婚。我承认我喜

欢他可能多过他喜欢我，我也理解他怕结婚会带给他压力，使他不能继续过自由自在的宅男生活。其实我也没有什么奢望，只想找一个人过普普通通的柴米油盐的日子。我问过他，是不是不喜欢我，他说不是，只是不想结婚。我应该怎么做才能让他改变主意呢?

小牧

小牧姑娘：

你好。很早以前看过一本书，好像是一美国男编剧写给为情所困的女读者的，我之所以强调作者的性别，是因为他在书中说——如果他告诉你他很喜欢你，但是他不想结婚，那这句话的真实意思其实就是：他没有那么喜欢你。

男人，如果不是恃才傲物的艺术家，或者语不惊人死不休的耍酷卖帅的小痞子，一般还真不好意思直截了当很拽很拽地跟姑娘说“不到生命结束，我不知道自己爱的是谁”。一般的普通的男人休想用这种方式交到女朋友，除非他想体验挨耳光泼咖啡，或者被贴上“我的奇葩相亲男”的标签，在网络和微信上广为传播。但不一般的，或者自命不凡的，或者因身材相貌个人成就方面出类拔萃而被各种光环笼罩的男人，则另当别论。物以稀为贵，他们知道自己比多数男人更受女人欢迎，所以他们不必像其他男人要在女人面前彰显自己的责任感和爱心才有可能亲近芳泽。他们粉丝太多，求交往的也太多，所以他们往往就告诉女人，爷很抢手，你要是乐意，你就别跟爷谈什么忠诚啊责任啊婚姻啊，爷并不一定要和你在一起的，能在一起就能分开，你要是想和爷在一起，就得清楚，跟爷有风险，恋爱需谨慎，别回头爷不喜欢你了你要死要活的。当然话不见得说得那么难听，可以修饰得比较文艺，比如我不知道自己做不做得到一辈子爱你，但是我现在是爱你的，云云。这话如果让那位美国男编剧翻译为大白话，就是我现在喜欢你，但明天说不好，也许明天碰到比你好比你更吸引我的，我被吸引了，那可不是我的错，你不能怪我哈，要怪只能怪你自己太普通，你是癞蛤蟆没有错，想吃天鹅肉也是人之常情，错就错在你一女癞蛤蟆，我一男天鹅给你点小颜色，你竟然就想开染坊，想要占有我一辈子，大姐，是你贪心啦！

具体到你的男朋友身上，显然根据来信，他不属于有光环那类男人。所以如果他一开始就告诉你，他没有结婚的打算，你可能不会和他浪费一年的时间对吧？你考虑过一个问题没有，你们是在婚恋网上认识的，如果他没有结婚的打算，他为什么要上婚恋网呢？根据媒体上的披露，婚恋网上长期埋伏着一些“婚姻骗子”。他们摸准女人想要结婚的心理，跟女人交往，他们通常会要求女人经济独立，这样他们不用担心有经济负担，且女人还可能为双方交往埋单。但是一般情况下，如果他们不肯轻易和交往的女人结婚，最坏的可能是他们用婚姻做诱饵骗财骗色。这样的例子新闻报道了很多，你可以学习一下。

我没有说你遇到的是骗子，因为毕竟你也是很普通的职业很一般的收入，没有多少财让他骗，所以你很可能遇到的是另一种类型的渣男——他们根本不甘心娶一个你这样的女人。虽然你说你只想找一个人过普普通通的柴米油盐的日子，但是你想过没有，人家可能不愿意和你过这种鸡零狗碎一地鸡毛的生活呢?

你可能会问，既然不甘心娶我，为什么我问他喜欢不喜欢我，他还要说喜欢呢?亲，他和你交往一年，不肯和你结婚，你要问他喜欢不喜欢你，他要是说不喜欢，后果会怎么样?你会不会骂他流氓?不喜欢我你跟我在一起干吗?准确地说，如果你是免费的，无害的，一个月跟你见三次你就很满足的，那么他是喜欢你的。如果你是想要把自己下半辈子托付给他的，要生同床死同穴，甚至每天都在一起吃饭睡觉的，那他就会感觉很恐惧，所以他说的“恐婚”其实就是恐惧和你过婚姻生活！顺便说一句，假如你是他心目中的女神，他工作再苦再累也不会只跟你微信谈恋爱，一个月只和你见三次面！一个月三次面，除非是异地恋。在一个城市，真的真的真的太少了!!! 他又不是大禹，天下又没有发洪水，他怎么就一个月只能见你三次？他不过就是从事一个平常的普通的工作，就是周末见面，一个月也有四个周末。一个周末是两天，一共是八天，就算周末要加班，平常下班可以见吧？我一个女友和男友谈恋爱，男友白班她夜班，为了多见面，男友要接她下夜班，把她送回家，自己再回家！纵使不必天天如此，经常如此，但俩人在一个城市，从认识到交往一年，每月只见三次面，其余都是微信，恕我直言，我不觉得他对你有过激情和热恋。

我不建议把心思花在怎么让他改变主意上，而是建议你跟他开诚布公说你想要婚姻。如果他不肯，就把他当作一个朋友吧，毕竟人生在世，有一个每个月能见三次面的朋友也不容易。但是你要开始寻找新的结婚对象，如果你想要的是婚姻的话。只有在你迈出新的一步的时候，你的人生才会有新的开始，这个新的开始也可能包括失去他，也可能他正好松一口气，不必费劲骗你说自己恐婚。当然也可能，他像电视剧中的男人一样，意识到可能会失去你从而追求你向你求婚等。我无法预料你们的未来，但我知道千里之行始于足下，祝你幸福好运。

陈彤

为什么这个世界上有梦想的人很多，但实现梦想的人很少？

陈彤老师：

你好。

我是一名热爱表演的女生，我读的是幼师专业。我喜欢舞蹈，唱歌，还有演戏。我希望能够从事演艺职业，而不是做幼儿园老师。我的家人不同意，他们说每个女孩子都有成为明星的梦想，但能成的是少数。我非常非常想趁年轻去闯一闯，试一试，但是我的家人反对。他们希望我可以有份安稳的工作，然后找个好男人，结婚成家生孩子，踏实安逸地过一生。但我不愿意，我觉得年轻就要有梦想，就要勇敢地追求自己的梦想。但是另一方面我也确实很困惑，不知道从哪里开始去追寻我的梦——我对梦想很明确，却不知道如何去实现。请问，我应该怎么办呢？有的时候也很想离开家，但离开家去哪里呢？谁能给我一个舞台呢？

小月

小月：

你好。

这个世界上有梦想的人很多，但实现梦想的人很少，其原因正是因为实现梦想的艰难。如果梦想可以随随便便实现，那梦想也就不可贵了。你的父母并不是要反对你去实现你的梦想，恕我直言，是你的梦想对他们来说，如同老虎吞天，无处下嘴。如果他们只是普普通通本分老实的百姓，他们不仅对你的梦想爱莫能助，而且由于他们是过来人，知道梦想之路的艰难，或许也见过他们的同龄人中有那些去追逐梦想的，最后梦醒时分的凄凉，所以他们反对。

上面的话我是站在你父母的角度和你说，现在我再站在一个过来人的立场和你聊聊天。由于我的职业特殊，有机会采访过一些真正实现梦想的人。他们并不都是运气，也并不都是勇气。客观地说，有两种情况——一种是家境实在太差，从很小就懂得要靠自己。人生没有任何机会，只能凭年轻去闯。什么苦都吃过，甚至面临过绝境险境。但穷人的孩子早当家，17 岁背一筐就去闯世界，闯出来就闯出来了，闯不出来就闯不出来了。这样的经历，很多港台的艺人都有过，但你这样家境的孩子很难，因为从小父母对你的照顾太好了，你可能缺乏一些基本的野外生存技巧——那是一种野蛮生长。你是家养的，缺乏野生的捕食本领。我这话说得相当诚恳，因为我见过很多“北漂”。有些女孩子漂个三四年，踏上了梦想之路。但大部分则漂到30多岁，进退两难，回老家，家乡的小姐妹早早都当了小妈妈，过着你父母说的那种稳定而家常的平民生活；继续漂下去，又不知哪里是归程。你父母反对你去追逐梦想，可能正是因为他们看到太多太多追逐梦想而不得，白了少年头的案子，所以他们阻拦你反对你。这是一种情况。下面说另一种情况——因为梦想实现的艰难，所以多数中国家庭，是几代人的积累，去支持一个梦想的实现。每年电影学院门口，那么多父母带着孩子来赶考。有的不止考一年，是一年又一年。之所以可以如此，是因为这些家庭，大部分已经解决了温饱。很多家长会说，因为自己年轻的时候有过梦想，但因为没有条件，要养家糊口，所以放弃了，现在，有条件了，就让孩子闯一回，就是失败，也没啥，大不了，我们养一辈子呗。你的父母可能没有这么充裕的财富积累，万一你追求梦想失败，这个单太大，他们怕你买不起，而对于父母来说，有什么比看着孩子需要帮助而自己帮不上忙更痛苦的事情呢?

我说这么多，不是反对你去追求你的梦想，而是想告诉你——不顾一切地追求梦想的勇气固然可贵，但你要做好准备。这个准备，不是梦想实现后站在舞台中心，听取掌声的准备，而是对追逐过程中可能遇到的种种困难的准备。前几天，我认识的一个朋友忽然告诉我们，他辞职了，要去创业。我们都很惊讶，因为他 40 岁了，而且算事业有成有房有车。我们问他为什么要创业，踏踏实实地过不就挺好——他说因为他年轻的时候没有机会去追逐梦想，必须赚钱养家，这么多年，家安定了，所以可以放手一搏了。即使输了，也没有关系，大不了就算提前退休，然后种个花养个草闲情野鹤。我们都为他鼓掌，因为他为自己的梦想积累了这么多年。当然，行业和行业不同，你的梦想是舞台，你可能无法等那么久，但假如你真的有才华并有运气，现在是一个选秀时代，有那么多展现演艺才华的平台，你都可以去试一试，阿宝超女不就是这么脱颖而出的吗？另外，这还是一个互联网时代，你把自己的表演上传到网上总是可以的吧？你听说过“喜悦和蜘蛛侠”吗？如果不知道可以上网查。他们是一对平凡的打工夫妻，他们把自己的表演视频传到了网上，无数人被他们的歌声感动，现在已经有人找他们拍电影了。也许，你看不起我的建议，你想要的可能是大银幕大舞台。亲，一步登天的事情不是没有，但很少，你能不能赶上要看运气，而多数情况下，是靠积累——成功是积累了无数的失败，一个人的梦想实现，是几代人的努力，我说的是通常情况下。祝你梦想成真。

陈彤

女生，别一听男人说要养你就觉得是真爱

陈彤老师：

我在婚恋网站认识一名男性，他29岁，比我大一岁。我们在网上聊了一个多月，也视频过，但一直没有见面。他在北上广深这样的大城市，我的城市是一个县级市。他对我说，他大学本科毕业，跟朋友合伙创业，公司有十几个员工，他有车，但没有买房，他让我去他的城市找他。从我的县级市到他的城市，我查了汽车时刻表，每天都有几班汽车，最早一班是早上七点半，最晚一班是下午三点半，车程是四个多小时。

考虑到我是女生，之前跟他聊天没有多久，他就跟我聊一些性的话题，还说想和我做爱之类的，所以我想第一次见面还是应该他来找我，但他拒绝了。我就问他说，我现在没有工作，如果我去到他的城市找他，会不会养我。他说可以养我，可以在他租的房子一起住。我问他有结婚计划没有。他开始回答说怎么突然问这个，后来又说如果合适，立刻马上见面当天就结婚也可以。我应该相信他说的话吗？应该坐长途车奔波四个小时去他的城市找他吗？

小凡

小凡姑娘：

你好。

我相信你的直觉已经告诉你，他是不靠谱的，否则你不会给我写这封信。我其实很想问你一个问题，就这么一个连和你见个面都要你支付时间成本，他都要坐享其成的男人，对于多数女人来说，肯定直接丢开，让他去死，你为什么却要放在心上，还要跑来问我是否应该相信他呢？相信他什么？相信他已经爱上你？还是相信他真的会养你？还是相信他会和你结婚？我说一句不客气的话，就这么一个连面都没有见过的男人，他又没有为你做过什么，就视频聊天说了说想和你做爱，然后还拒绝来看你，反而让你坐四个小时汽车去他的城市找他，你就心动了，就冒着显而易见的风险想要跑去和他住在一起？他究竟有什么打动你的地方？是那句他说可以养你吗？

亲，你知道有多少姑娘就因为这一句“养你”，就认为是在茫茫人海中找到了“真爱”——他肯养我，然后就忙不迭地收拾行李送货上门。我说什么好呢？寻找真爱，和寻找一个肯养你的人，是有区别的。也许你会说，我没有工作，没有希望，我在一个县级市，我已经28岁了，他肯养我，这是一个机会。我就算什么都不会，但他创业，我为他收拾房间，买菜做饭，我们夫唱妇随，将来他成功了，我夫贵妻荣；他就算不成功，也没有关系，我好歹也有一个深爱我的男人，我们寒窑虽破能避风雨，夫妻恩爱不夜天。

姑娘，这是你的单厢情愿。他是这么想的吗？

我们在现实生活中寻找爱人，是寻找一个真实的人。我们所谓的谈恋爱，是和真实的人谈，而不是和自己的想象谈。网恋因为相互之前不认识，所以人们容易把网恋对象按照我们自己希望的样子去想象。这就像编剧在写戏时要对剧中人物进行设定，但编剧编的是戏，你编的是什么呢？如果你是要写《五十度灰》，我不拦着。但如果你是要谈恋爱，你就必须区分想象和真实。他说他是，以及你认为他是，和他真的是，这三者是有区别的。

当然，爱情之所以迷人就是因为它的偶然性，所以不排除也许你坐了四个小时汽车之后到了他的城市，发现他竟然就是你梦寐以求的白马王子。他对你说，没有任何一个女人肯为了我坐四个小时汽车来看我，只有你，所以，我决定了，嫁给我吧！

嗯，这种爱情在偶像剧里经常发生，但在现实生活中，可能也存在，但概率真的很低。所以，我不得不提醒你可能存在的风险——那些被非法组织骗去传销或拐卖胁迫从事犯罪活动的妇女，都是怎么被骗去的你想过没有？

我不是危言耸听，也不是反对网恋。我身边也有很多人是通过网恋相爱的，网络只是提供了一个交往方式，你通过这个方式认识一个人。这种认识和在大街上萍水相逢基本没什么区别，甚至，还不如萍水相逢。因为相逢于网络，你都不知道和你聊天的这个人到底高矮胖瘦！所以，在网上相识之后，你不要像久旱逢甘霖似的。即使你真的旱了很久，你也要稍微用一点正常的思维和智力，去弄清楚他到底是谁，他上网的目的到底是什么，是谈婚论嫁还是寻找刺激或者更恶劣的骗财骗色甚至违法犯罪。

前一段时间，我收到一封信，是一个女孩子写的。她说和一个男子也是在网上认识的，交往一年多，才知道男人有家。所不同的是，他们是微博上认识的。男人说喜欢她，养她之类的，她就觉得是真爱了。而所谓的养她，就是她住在他的房子里，和他同吃同住同劳动，他要回自己家的时候，就提着箱子出差。她发现真相之后，男人离开了，手机不接短信不回，中介还上门催她交房租。

她说很难过，虽然没有被骗财，但是整整一年的时间没有了。现在她没有工作，什么都没有——她说，我对男人的要求不高，只要可以养我就可以。我问她为什么不可以自己养自己，然后找一个喜欢的男人相爱结婚生子呢？

她没有回答我。后来她说，她一直想要的生活就是和一个很爱她很爱她的男人一起。男人出去赚钱，她什么都不用多想，只要给男人煮煮饭陪男人睡睡觉就好。她问我，就这么一点愿望，为什么男人还要骗她？她再也不相信男人了。嗯，其实我很想说，她这个想法有点脑残，但她被自己的很傻很天真感动得死去活来。

骗子固然可恶，但，咱们能不能不要一听到男人说“养你”两个字，就立刻自动带入脑残偶像剧模式。你们相逢于网络，他不知道你是谁，你也不知道他是谁，你们还没有见面，只视频聊聊性，他就答应养你了。然后你就以为你这辈子只要煮煮饭睡睡觉，就既收获了爱情也收获了人生。这种好事儿也有，但，就像进赌场，赢的概率也有，但输的可能性更大。而且，即便你输的不是真金白银，但，姑娘，你的青春呢？春宵一刻值千金，你会算账吗？我真的不愿意说出那句特别特别伤人的话——是他养你还是你免费送货服务到家？你们之间根本不是爱情，不是爱情，不是爱情——当你想寻找一个养你的人，当他答应养你的那一刻，你们之间就和爱情无关了。至于养着养着会不会养出感情，那是另一回事。亲，养宠物可能会养出感情，但很多时候，人没有宠物可爱。

陈彤

我是继续漂在北京还是回老家结婚生娃?

彤姐：

你好！

我有两个困惑，先说第一个，是情感方面。我上大学的时候通过网络认识了一个比我年长一轮的离异男人。我们每天上网聊天，渐渐产生感情，半年后见面，然后，每逢假期我就从学校坐好几个小时的大巴去看他，收假就回校。他对我很好，很关心很体贴，这样的日子大概有一年，直到我发现他有另一个女人。他告诉我那个女人是他初恋，离婚了，现在回来找他，还带着孩子。他从来不瞒我他去那个女人那里，但如果我不问他就不说，问就说只是在那里睡觉而已。后来我和他闹，他就直接问我可不可以接受他和她一起生活。

这种混乱的生活持续了两年，他们结婚了。我一直无法释怀，还是继续见他，和他保持联系，直到那个女人把我当小三教训，告诉我他有多爱她云云。

25岁那年我去了北京，下了火车谁也不认识，就这样开始我的“北漂”。如今我已经28岁了，当初刚来北京认识的朋友大多已经离开，在北京的工作一直都是月薪三四千，住在城中村。所以我的第二个困惑是，我应该继续留在北京还是回老家。留在北京，可能继续还是这个收入水准；如果回老家，找个男人结婚生孩子，又害怕自己过上那种一眼看到老的生活。另外，我的年龄在老家可能也会有很大压力，很多我这个岁数的女人都有孩子了。我到底应该怎么选择呢？我感觉自己失去了最初刚到北京为梦想奋斗的那股激情。彤姐，你有什么建议吗？

小七七

小七七：

你好。

看你的信，我想到很久很久之前看过的一个王朔小说，《一半是火焰一半是海水》，网上有，你可以找来看看。书是第一人称男人视角，主要写了两个女孩子，都是女大学生。第一女孩子叫吴迪，第二个叫胡亦，她们的共同点是都特别容易被渣男吸引，即便渣男告诉她们，自己是以敲诈勒索为生，睡过一百个女人，是劳改犯，她们还是义无反顾。在书中，吴迪自杀了，胡亦也是在上当后要死要活。在小说的结尾，王朔是这么写的：“我一路乘船、火车回家。穿过了广袤的国土。看到了稻田、鱼塘、水渠、绿树掩映下粉墙绰约村镇组成的田园风光；

看到了一个接一个嘈杂拥挤、浓烟滚滚的工业城市；看到了连绵起伏的著名山脉，蜿蜒数千公里的壮丽大川；看到了成千上万、随处可遇的开朗的女孩子。”

嗯，我想也许几年前的大学时代的你，就是那种“成千上万、随处可遇的开朗的女孩子”。

我没有责怪你的意思，我能理解你对那个年长男人的情感需求，就像王朔在《一半是火焰一半是海水》中写的那种年轻姑娘，“一看就是从高中直接上大学的傻孩子，什么都新鲜，什么都想试试，往人家枪口上撞的年纪”，对于你这种往枪口上撞的年轻姑娘，并不是每个男人都觉得有义务给你幸福，可能在某些男人眼里，你只是“成千上万、随处可遇的开朗女孩子”中的一员而已，并没有什么特殊，所以萍水相逢，他们可以对你好，但是要他们娶你，他们会说，谁会为了一个苹果，而买下整个果园呢？你对他来说，只是一个苹果而已啊，而且他还已经吃过了。

这是我对你第一个问题的回答，在《一半是火焰一半是海水》小说的结尾，胡亦在小岛上发现自己被男人骗了感情以后悲痛欲绝，男主人公对她说："别说内疚的话了，也别假装爱我，回去睡觉吧。""我去给你买票，怎么来的怎么回去，就当什么事也没有发生过。"——这是正确的态度，不管是他骗了你，还是你自己骗了自己，愿赌服输，就当什么事也没有发生过，擦干眼泪，跟过去的自己告别。我说的告别，是真正的告别，有的女孩子今天说和昨天的自己告别，然后没过几天，又重蹈覆辙，就像有人戒烟减肥，坚持一星期都做不到。你今天说我要找一个好男人，但是因为好男人可能需要花一点时间去找去了解去接触，然后就又和渣男混到一起，毕竟聊胜于无。

你如果是性格原因，或者就是缺乏耐心，我告诉你一个方法，简单有效。就是你在接触一个男人的时候，就直截了当告诉他，你想要结婚，这样可能会吓跑很多不想结婚的好男人，但是，总比你和渣男周旋缠扯不清要强吧？当然假如你深深地被一个男人吸引，这个男人各种有趣，就像王朔小说里的那种流氓，可以在大庭广众之下对女大学生说“我受这种教育的时候，你还是液体呢”，那么，你至少不能像故事中吴迪那种性格，还怎么都没怎么，就跟人家上了床，付出真心，然后因为目睹人家跟别的女人上床，就索性卖淫，堕落，自我毁灭。这种选择，在文学作品中让人扼腕叹息，在现实生活中，就是亲者痛仇者快，给不相干的人添了茶余饭后的谈资。

第二个问题，你是应该留在北京还是回到老家——说说我大学时代的朋友吧，一部分留在北京了，一部分回去了。留下的和回去的，都有特别好和特别一般的。这中间有运气问题，也有性格原因。据我观察，凡是留下的，除了运气特别好的，都是吃过很多苦的。大概是冯小刚说过类似的话，老百姓家的孩子，为了不妥协，得妥协很久；我想你当初怀揣梦想来到北京，肯定是不想过平凡的生活。其实，几乎每个人年轻的时候，都想超越平凡的生活，但是最后真正超越的有多少呢？我不是在说你应该接受生活，我是说如果你想要不平凡的生活，想要达到光辉的顶点，你就要沿着崎岖的山路攀登，而且还可能摔下山崖，伤痕累累，最终也没有可能到达山顶。

我印象中，歌词里有“我想超越这平凡的生活”这句词儿的，至少有两首，一首是许巍的《执着》，“我想超越这平凡的生活，注定现在就是漂泊，无法停止我内心的狂热，对未来的执着”；另一首是汪峰的《怒放的生命》，“曾经多少次跌倒在路上，曾经多少次折断过翅膀，如今我已不再感到彷徨，我想超越这平凡的生活（注：‘生活’，原歌词为‘奢望’，应系作者记忆有误）……”所以，不要问我，要问你自己，你还愿意多少次跌倒在路上，还愿意多少次折断翅膀。而且最重要的是，跌倒以后你还能不能爬得起来，折断翅膀以后你还能不能笑对人生。

最后再说一句，不要动不动就说实在不行就找个老实男人过日子，老实男人又不欠你的，凭什么你实在不行了就找人家垫背呢？更何况老实男人也不是你想找就能找到的，你愿意人家也未必，对吧？问自己真正想要过的生活是哪一种。有的人真想过的生活就是平平淡淡，每天在朋友圈晒晒娃，秀秀恩爱，过年过节全家团圆，也是幸福对吧？这样的人生也是值得过的，而不是实在不行的一种选择。关键在于，你要知道你内心真正想要的生活是什么，这个问题，你必须问自己，而不是问别人。

陈彤

服装商店
2018.05.20

请问怎样做才能在最短的时间内过上想要的生活？

陈彤姐：

你好。

我已经25岁，却还做着一份自己不喜欢的工作，而且也没有遇到喜欢的人，感觉好失败好焦虑好痛苦。

我家境不好，父母供我上大学读书就已经非常不容易了，所以我毕业之后就做了“北漂”，我想凭自己的努力，给他们在老家买上一套房子，让他们安享晚年。但是转眼两年时间过去了，每个月的薪水除了交房租就所剩无几，养活自己还得省吃俭用，更别说孝敬父母了。一个人漂在异乡，也很渴望爱情，但是我的社交圈子非常窄，除了办公室同事之外，基本没有可能遇到其他的人。也尝试着上网什么的，但网上的人多数不靠谱。

马上就要过春节了，我身边的同龄人，有的在热热闹闹地准备结婚，家里早早就给买好了房子车子，也有的已经结婚有了小孩，在讨论生二胎。看他们在朋友圈晒幸福秀恩爱，真的好羡慕。我什么时候能过上那样的生活呢？或者说，我怎么才能过上那样的生活呢？我的起点太低了，我也想过创业，比如上淘宝开个网店，但是我又没有钱。最近我的失败感越来越强烈，彤姐，对于一个 25 岁没房没车没钱没爱情的女生来说，请问怎样做才能在最短的时间内过上她想要的生活——找到一个可以结婚的人，建立一个属于自己的家，安居乐业，生儿育女，孝顺爹娘，平平淡淡就好。不要告诉我嫁一有房有车的老男人，我接受不了，我还是想凭自己的努力过上幸福生活。

款款

款款：

收到你的信，我迅速回忆了一下自己的25岁。嗯，没房没车没钱是肯定的，爱情好像也没有，我的校园爱情没能逃脱毕业之后说分手的俗套，25岁的我，应该也像你现在一样，寻寻觅觅。

在这个世界上，总有一些人格外幸运，年少多金鲜衣怒马，他们不在我们的讨论范畴。对于大多数普通人来说，纯靠自己的能力，在25岁的年纪，都是没房没车没钱的。至于爱情，也不是每个25岁的人都必然拥有，征婚网站上，什么年龄的都有。所以完全没有必要因为自己25岁没房没车没爱情，就感觉自己好失败。如果失败是以25岁没房没车没爱情来定义的，那等于定义年轻就是失败。

在我是你这个岁数的时候，很多人对我说，你就认命吧，你爹你妈都是普通人，知足常乐吧，我不打算这么跟你说。每个人都有追求幸福的权利，即使爹妈是普通人，即使生来平凡。我也不打算给你讲乔布斯或者香奈尔这些出身寒微的人生赢家，乔布斯生下来就遭到抛弃，21 岁在车库创建了苹果公司；香奈尔在孤儿院长大，却创立了时尚帝国。爱迪生说成功 =99% 的努力 +1% 的运气，乔布斯，香奈尔，他们都是有这 1% 运气的人。

而对于平凡普通且也不知道自己有没有这 1% 运气的多数人来说，想要过上自己想要的生活，我目前知道的唯一有效办法就是“天道酬勤”。也许你会说我的工作我很不喜欢，我也不知道自己喜欢什么工作，我想要跳槽，想要高薪，我也想努力找更好的工作，可是怎么努力呢？根本没有让我努力的机会！也许你还会说，我想要结婚，想要一个我爱的人，但是我遇不到怎么办呢？我也尽量去相亲了，但就是没有合适的：我看上的，人家看不上我；人家看上我的，我又看不上人家，我还要怎么努力？上哪儿努力？怎么个天道酬勤能给我酬来一个天赐良缘？

亲，我说的天道酬勤是指你要马上行动。如果你有明确喜欢的事情，立刻去做。如果一时找不到自己喜欢的事情或者条件不具备，那么就从对自己有好处的事情开始，比如健身。如果没有钱去健身房健身，总可以在家里做平板支撑吧？持之以恒经年累月，收获一个好体型，肯定有助于提高你的爱情概率吧？再或者说，背单词，学英语，假以时日，艺多不压身，你说呢？

“人们眼中的天才之所以卓越非凡，并非天资超人一等，而是付出了持续不断的努力。一万小时的锤炼是任何人从平凡变成超凡的必要条件。”这就是著名的"一万小时定律"，也就是说，要成为某个领域的专家，需要一万小时，按比例计算就是：如果每天工作八个小时，一周工作五天，那么成为一个领域的专家至少需要五年。也许你说五年时间太长了，亲，相对于漫长的人生来说，五年时间并不长，你在25岁没房没车没爱情不叫失败，你终日为此苦恼长吁短叹浪费时光到人生暮年发现自己一事无成，那才叫失败呢！

你问我怎样才能在最短的时间内过上自己想要的生活，付出五年时间，收获一个更好的自己，这是我所能想到的最短时间了。其他的方法也有，只是风险太高，代价太大，当然，假如你是天才，传奇，天生好命，另当别论。

陈彤

也许你能给她的最好礼物是自由

陈彤：

你好。

女儿3岁时我离了婚，这些年一直没找。母女相依为命，懂事的女儿一直对我的情绪化比较迁就，甚至青春期都没怎么逆反。后来出国读书，起先还跟我QQ视频，不久突然就跟我疏远了，消息越来越少，不理会我的留言，不回我的邮件，甚至假期都不爱回家，总说有事。好不容易回来一次，也对我非常冷淡。我很抓狂，大骂她没良心不孝顺，她说她29岁了还不能成功恋爱一次，是我过早离婚毁了她。她说她就是个变态，让我不必再理她。

我很内疚，又对她百般讨好，多寄生活费，买贵重礼物，写温情邮件……但换来的是她的不耐烦甚至是厌恶。

她已经靠自己的努力在美国拿到了工作签证，我很害怕，我永远失去她了……

琴音

琴音：

你好。

我不敢妄加揣测为什么你的女儿疏远你甚至对你冷淡，可能原因并不全在你，别为此太苛责自己，也没有必要骂她没良心，不孝顺。因为在美国，儿女不养父母，不孝敬父母，完全不受法律制裁，也没有“常回家看看”这种法律。

你越害怕失去她，可能越容易失去她。我一女友曾经跟我说过，她之所以努力追求成功，是因为她在国外打拼的时候，遇到困难，发现她的父母什么都帮不到，这让她非常失望。所以她各种拼命是为了将来，当她的孩子遇到困难的时候，她不止能给一个慈爱的微笑。

她和她的家人有几年关系紧张，但是在她有了自己的孩子以后，她和家人的关系重新密切。也许你的女儿处在一个压力很大的奋斗期，当她过了这个时期，可能会转变。只是，你需要一点点耐心，你只要让她知道，你是爱她的，对她别无所求，然后就好好给自己打算，可能对她来说，你能给她的最好礼物就是自由了。

陈彤

男人为什么都理所当然地认为我应该倒贴？

陈彤老师：

你好。

我今年28岁，父母虽然都是农民，但是他们通过自己的奋斗，已经有了企业。我大学毕业以后一直就在自己的家族企业里做事，我还有一个小我很多岁的弟弟。

我生命中遇到的第一个男人比我大将近8岁吧，是我的初恋。他总找我爸爸帮忙，我爸爸也帮了他很多次，我们分手是因为他向我爸爸借钱，我爸爸没有借给他。分手之后，他经常给我发短信，说他想死，欠了那么多钱之类的，我想如果他真的自杀我会愧疚一辈子的。正好有个朋友同意如果我做担保就借钱给他，他承诺会还钱。我被他的承诺和短信迷惑了，就做了担保，结果是50万借到之后就对我冷淡了，后来打电话都不接。那是我人生最黑暗的日子，我家人知道以后，帮我还了钱。

就在这个时候，我遇到了现在的男人。他在我爸爸的企业做事，有一次他跟我说他老婆出轨，我很为他难过，后来我们就产生了感情。他有一个4岁孩子，离婚的时候，我说孩子就给他前妻，他多出抚养费就好，但是他说他母亲一定要孙子，他母亲答应愿意抚养孩子。

他的经济条件和我们家比差太远，但和一般人比算是好的，有两套房子，还有私家车。我们在一起以后，我感觉很幸福。他妈妈催我们结婚，我们领了结婚证不久，他妈妈就跟我说，要我去把他家的旧房子也装修了。我很诧异，我们结婚我爸妈体谅他没有钱，所以买房装修都是我家出的钱，从里到外没有要他家一分钱，怎么还要倒贴钱给他家装修？他的钱不够贴补他的家用，经常是我贴钱给他买东西，他就平时买点水果，偶尔吃吃饭付钱，连钻戒都是我爸爸给我钱在香港买的，他的也是我付的钱。

我们最大的矛盾爆发在办婚礼上。我们一直没有办婚礼，他那边说没有钱，我爸妈就说办婚礼的钱也全部我们出。其实我一直拖着不办婚礼，还因为怕被人笑话，找了一个二婚的，还有孩子，另外就是他的家庭，他妈妈和他继父生活在一起。我跟他说婚礼当天，他的小孩还有继父都不要来，他那边只需要一个代表出席婚礼就行了。他表面同意了，但却要和我商量将来他的儿子要和我们一起住的问题。我说不行，他就不理我了。

我现在很痛苦，我想和他结婚，因为他对我真的很好，只是没钱。但是又不想结婚，我们在一起，他的工资从来没有交过一分钱给我，我找他无论什么事情他都是一句“没钱”。我不是要和他计较钱，我是觉得他们全家，包括他在内，都认为我理所当然应该倒贴，这让我很不舒服。难道我父母有钱，我就欠他们的吗？

小昭

小昭：

你好。

你全部的委屈，似乎都集中在“倒贴”两个字上。你遇人不淑，第一个男人因为你爸爸有钱不肯借他，就和你分手了；第二个男人，虽然你父母同意结婚所有的钱都你们家出，不要他一分钱，但是他还是给你脸色看，一言不合，就不理你。

就算这个世界上，不要脸吃软饭的男人多，但是你统共谈了两次恋爱，找了两个男人，两个男人都如此这般，是不是概率也太高了呢？

有一句话，不知道你听过没有：你和什么样的人在一起，往往和你是什么样的人有关。我不是要指责你。林子大了，什么鸟儿都有，人活一生，难免遇到几个奇葩，但是有的人会吃一堑长一智，尽量下次不要再遇到，或者想办法躲开。如果总是遇到，并且一遇到还就在一起，那就要找找自己的原因了。

第一个男人不说了，你已经和他断掉。咱们说说现在这个男人，就是你丈夫。我相信你和第一个男人的事情，应该在你们当地，至少你的朋友圈里，大概不是什么秘密吧？一般来说，一个小地方，老板的女儿被人家骗了50万，这种消息会长翅膀各种飞翔。你在这个时候遇到第二个男人，而他又告诉你他老婆出轨的事情，同是天涯沦落人，你们感情迅速升温都在情理之中。接下来，你父母没有反对你们的婚事，相信你父母也是各种考量，觉得这个男人知根知底，毕竟是在你父亲企业做事的。你爸妈的想法是，既然看准这个男人老实本分，就不要在意他有钱没钱，他没有钱，咱们有钱，咱们风风光光把女儿嫁了，也是一样。

你爸妈之所以一直坚持所有的钱都你们家出，不让他出一分钱，一方面是不愿意你们夫妻为钱的事情争执，另一方面，你爸妈是过来人，他们拥有生活的智慧。他们给你买的房子，住在里面的还不是他们自己的女儿？有些事情没必要谈得那么清楚，感情这个东西按照老辈人的想法不是谈出来的，是过出来的——你们要是过两年生了孩子，找到一家人的感觉呢，你们就继续过着，白头到老；如果不好呢，大不了离婚，反正按照婚姻法，房子是父母买给你的，他一毛钱都没有。老人信奉日久见人心，对老人来说，过日子不是争一城一池的得失，也不是说谁有理谁没理，过日子过的是感情。他有一个

4 岁儿子，你要他放弃那个儿子跟你过，他得多狠心？但是他要把儿子接过来和你们一起住，你又会怀疑他跟你结婚是不是为了图给他孩子一个更好的生活？毕竟在结婚前，他说好这个孩子是他母亲来养，怎么刚结婚没多久就变卦呢？你们的冲突往小了说，是家庭矛盾，往大了说，是价值观冲突。在他看来，你是他老婆，他和前妻有一个儿子，你当然要责无旁贷地做他儿子的后妈。你爱他，就应该爱他的儿子，他的家人；而在你看来，你嫁给他，你没有嫁给他全家，你愿意倒贴他是你愿意，但你没有义务倒贴他全家给他养儿子，他不能把你倒贴看作理所当然，更不能得寸进尺。

你的幸运是你生在一个富裕家庭，你的父母有钱；你的不幸在于，这些财富没有给你带来幸福，反而给你带来怀疑——他到底是爱我还是爱我父母的钱？他和我结婚是想和我一起生活，还是考虑到和我一起生活会提升他以及他亲人的生活品质？

亲，你要学会谈钱不伤感情，谈感情不伤钱。你出于面子考虑，结婚当天不希望他儿子出现，他答应你了。但是，他毕竟有一个 4 岁的儿子，他母亲又再婚了，他作为父亲肯定也想给儿子提供一个好的成长环境，你要他怎么跟 4 岁的儿子说爸爸不能和你一起住，因为爸爸又结婚了，爸爸的新妈妈不许你来住。这话其实是很难说出口的。

嗯，其实我说来说去，要说的就是，你要爱一个人，就要爱他的全部。如果你不能爱他的全部，痛苦的是你。嗯，你可以在网上搜一篇文章《张欣：我和潘石屹的婚姻是一场博弈》，对，潘石屹就是现在著名的地产商潘石屹，当年张欣决定要嫁给他的时候，很多人也认为张欣是下嫁。“我妹妹听说我找了个出生于甘肃天水农村的离过两次婚的小个子男人，特地飞过来看他，看完了，用一首歌来表达她的失望：“没有花香，没有树高，他是一棵无人知道的小草。”“为了嫁给这个人，我放弃了我在香港面对着维多利亚海湾的房子和年薪百万的工作。”上面这些话都摘自文章中张欣的原话。我举这个例子是要告诉你，不要那么在乎别人的看法，对呀，姐就是嫁了一个二婚有娃的男人又怎么样？姐喜欢啊，姐喜欢的男人，不要求有钱有事业，只要善良有爱我喜欢就好啊！你这么想，你内心就强大了，和你在一起的男人，也就可以挺胸抬头生活了。否则，你老觉得自己在倒贴，他就会越发自卑，然后呢，你觉得嫁了他丢人，他二婚还有娃；他觉得娶了你伤自尊，因为他和你结婚，你不许他的儿子到你们家来，他要忍受骨肉分离。恕我直言，他是一个离过婚的男人，他肯定能猜到你爹妈的想法，万一你和他过不下去了，房子是你爹妈买的，他又是你爸企业的员工，那个时候，被扫地出门的肯定是他。届时，他人到中年，离婚两次，他找谁呢？所以，尽管你现在各种倒贴，你倒贴的只是你和他一起生活时的花销。这个倒贴和他的工资收入不一样，工资收入是他可以自由支配的，但你的倒贴，本质上是消费，你想让一个男人就因为这一点倒贴就放弃掉他亲生的儿子吗？我只能说，你有点单纯了。

陈彤

后 记

古人说的“读万卷书，行万里路”，是一种高标准、高品质的生活。对此生命的追求，真正实施者甚少。读书破万卷不容易，远行也是多有不便。时间走到了今天，旅途变得十分通畅，行万里路已经不是问题，读万卷书却仍不是件易事。这需要个人的自觉及社会的推动。而文字是一种释放，也是一种交流。作家的写作同样需要与读者互动。

漓江出版社顺应需要，提出了散文精品城际阅读，编辑系列名家丛书，以迎合扑面而来的旅途与信息相融的高铁时代。

谈起选题时，我们就谈到了“七”这个数字，它是“赤橙黄绿青蓝紫”的七，是“哆来咪发唆拉西”的七。让人联想到色彩的无限斑斓与乐曲的美妙变化。那么就定为七人吧，每年邀约七位当今活跃于文坛的作家，以构建可资阅读、珍藏、研究的厚重文库。

作家们欣然响应，很快组成不同性别、不同年龄、不同地域、不同风格的七人年展。毋庸置疑，随着时间的推移，这个精品文丛将会显示出它茁旺的生命力。

王剑冰

2017 年夏

王剑冰，著名散文家，我社《中国年度散文》《中国年度散文诗》主编，《旅伴文库 · 散文精品城际阅读》主编。